어린 왕자와 떠나는 치유여행

어린 왕자와
떠나는 치유여행

초판 인쇄 2016년 11월 21일
초판 발행 2016년 11월 25일
지은이 이선형
펴낸이 정봉선
편집장 권이준
책임편집 강지영
표지디자인 황인옥
펴낸곳 정인출판사
주소 서울시 동대문구 천호대로 16가길 4
전화 02-922-1334
팩스 02-925-1334
홈페이지 www.junginbook.com
이메일 pijbook@naver.com
등록 제303-1999-000058호

ISBN 978-89-94273-40-2 03800

＊책값은 뒤표지에 있습니다.

이 책은 한국출판문화산업진흥원의 2016년 우수출판콘텐츠 제작 지원 사업 선정작입니다.

Le Petit Prince

어린 왕자와 — 떠나는 치유여행

이선형 지음

2016
우수출판콘텐츠
제작지원사업 선정작
• • •
한국출판문화산업진흥원

정인

책 속에 길이 있다. 정말이다. 책을 읽다보면 어느 곳으로 가야할지 길 안내판이 눈에 띈다. 그 안내판을 따라가면 아름답고 행복한 무릉도원에 도달할 수 있을 것만 같다.

책은 지식의 보물창고이자 마음의 양식이다. 책 속에는 한 사람의 인생 전체가 고스란히 녹아 있으므로 그를 통해 삶의 지혜를 얻을 수 있다. 책을 읽음으로써 과거를 정리할 수 있고, 현재를 직시할 수 있으며, 새로운 미래를 전망할 수 있다. 설령 현재 어떤 어려운 문제에 빠져 있더라도 책이 해결해 주기도 한다. 책은 상처도 치유해 준다. 책을 통해 자신의 모습을 비춰보면서 스스로를 정확하게 바라볼 수 있기 때문이다. 그러므로 독서는 인생의 길잡이요 스승이요 해결사라고 할 수 있다.

제법 어렸을 때 제목에 이끌려 〈어린 왕자〉를 읽은 적이 있었다. 별로 감흥이 없었다. 그림과 보아 뱀 이야기 등 몇 장면만 인상에 남았을 뿐 잘 이해가 되지 않았다. 대학교 1학년 때 전공수업으로 프랑스 소설이 있었다. 그 시간에 사용된 교재가 〈어린 왕자〉였다. 당연히 원서였고 갓 입학한 신입생으로 프랑스어를 제대로 알지 못한 상태에서 이를 독해하느라 번역본과 비교해 가며 엄청나게 고생을 한 기억이 생생하다. 그 때 역시 〈어린 왕자〉의 참맛을 느끼기보다는 번역에 함몰되어 있었다. 그로부터 오랜 세월이 흘렀다. 2014년부터 '독서치료'를 강의할 기회가 생겼다. 강의를 준비하면서 독서치료와 관련된 책을 읽다가 불현 듯 〈어린 왕자〉가 떠올랐다. 그 동안 상담학이나 연극치료 시간에 '길들임'이나 '관계' 문제가 거론될 때 종종 〈어린 왕자〉를 단편적으로 인용하곤 했었다. 이렇게 해서 〈어린 왕자〉와 세 번째 만나게 되었고 비로소 그 참 뜻을 이해할수 있었다. 어른을 위한 동화로 널리 알려진 〈어린 왕자〉를 재차 정독하면서 내 마음에도 치유의 빛이 스며들었다. 〈어린 왕자〉는 힐링의 문이었다.

2016년 애니메이션 〈어린 왕자〉가 개봉되었다. 과거의 것이지만 시간에 함몰되지 않고 자꾸 새로운 모습으로 등장하는 것을 보면 확실히 〈어린 왕자〉는 매력적인 이야기다.

차 례

1
모자와 뱀

    어른을 위한 동화, 〈어린 왕자〉는 화자가 여섯 살 되던 해에 있었던 일을 상기하면서 시작된다. 여섯 살짜리 아이는 원시림에 관한 책을 읽다가 보아 뱀이 커다란 맹수를 칭칭 감고 커다란 입을 쫙 벌려 한 입에 삼키고 있는 그림을 보게 된다.

엄청난 크기의 뱀이 커다란 맹수를 잡아먹는 이 그림은 여섯 살짜리 아이에게는 상당히 충격적이었을 것이다. 크게 자극을 받은 아이는 밀림에서의 온갖 모험을 상상하면서 세상에 태어나 처음으로 그림을 그리기 시작한다. 아이에게 전해진 낯선 충격은 이처럼 상상의 나래를 활짝 펼수 있는 동기를 부여한다. 아이들에게 동화를 읽어주고, 낯선 곳을 데려가는 등 상상력을 자극시키는 것이 무엇보다도 중요한 이유다. 여섯 살짜리 아이는 어른들에게 자신의 그림 1호를 보여주면서 그림이 무섭지 않느냐고 묻는다. 아마 아이는 스스로 그린 그림이 매우 자랑스러웠을 것이다. 그러나 예상과는 달리 어른들은 이상한 표정을 지으며 반문한다.

"모자가 뭐가 무섭다는 거지?"

아이의 입장에서 어른의 반응이 전혀 기대 밖이었기 때문에 매우 실망했을 것이다. 아이는 그 그림이 단 한 번도 모자라고 생각해 본적이 없을 것이다. 물론 어른들도 그 그림이 모자가 아니라 뱀이라는 생각은 꿈에도 못했을 것이다. 아이의 시각과 어른의 시각은 이처럼 다르다. 아이와 어른의 시각 차이, 같은 그림을 다르게 보는 것, 이것이 앞으로 우리가 〈어린 왕자〉에서 만나게 될 기본적인 생각이다.

코끼리는 육지에서 사는 동물 가운데 몸집이 가장 크다. 이 큰 동물이 뱀에게 잡아먹힌다는 것은 역발상이 아니면 생각하기 힘든 상상이다. 그러나 아이의 상상 세계에서 불가능한 것은 없다. 불가능한 것을 가능하게 하는 것 그것이야말로 아이다운 것이며, 상상력의 힘이다. 아닌 게 아니라 아이의 그림 1호는 우리가 보기에도 그냥 모자처럼 보인다. 하지만 자세히 보면 모자 챙 쪽에 뱀의 눈이 점으로 찍혀 있다.

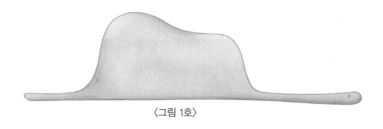

〈그림 1호〉

여섯 살짜리 아이는 할 수 없이 어른들이 알아볼 수 있도록 그림 2호를 그린다. 보아 뱀의 속이 훤히 드러나도록 그린 것이다.

"그래서 나는 어른들이 알아볼 수 있도록 보아 뱀 속을 그렸다. 어른들은 언제나 설명을 해주어야 한다."

뱀 속이 보이는 그림을 보자 그제야 어른들은 모자를 그린 것이 아니라는 것을 알아차린다.

〈그림 2호〉

속이 보이는 그림을 본 어른들은 아이에게 상상력이 풍부하다고 칭찬하는 대신 쓸데없는 짓 하지 말고 그럴 시간이 있으면 공부나 하라고 충고한다. 아마 열이면 아홉의 어른은 이런 식으로 말할 것이다. 이 그림 사건이 있은 후 낙담한 아이는 더 이상 그림을 그리지 않기로 작정한다. 우리는 아이에게 가능한 많은 칭찬을 해야 한다. 칭찬 하나에 아이의 미래가 결정될 수 있기 때문이다.

"어른들은 혼자서는 결코 아무 것도 이해하지 못한다. 자주 설명을 해 주어야 하니 아이한테는 피곤한 일이 아닐 수 없다."

아이는 할 수 없이 그림과 관련된 직업이 아닌 다른 직업을 택할 수밖에 없었고, 그렇게 해서 비행기 조종사가 된다. 하늘을 나는 조종사! 그건 생각만 해도 멋지다. 조종사는 저자 생텍쥐페리의 직업이고, 〈어린 왕자〉에서 화자의 직업이기도 하다. 조종사라는 직업은 지상에서 탈출하여 어디든 머나먼 곳으로 떠날 수 있는 자유로운 여행이 가능하다는 의미다. 그는 여전히 어린 시절의 그림을 가슴 속에 품은 채 비행기를 몰고 세계 곳곳을 누비고 다닌다. 어린 시절 어른들에 의해 상상의 세계가 무참히 깨져버렸지만 화자는 여전히 아이다운 어른이었던 것이다. 그래서 그는 낯선 사람들, 좀 똑똑해 보이는 사람들을 만나면 그림을 보여주며 수수께끼 같은 질문을 하곤 했다.

"좀 똑똑해 보이는 사람들을 만나면, 항상 간직하고 있던 나의 그림 1호로 그들을 시험하곤 했다. 그들이 정말 이해할 줄 아는지 알고 싶었던 것이다. 하지만 그들은 항상 '모자군요' 하고 대답했다. 그럼 나는 보아 뱀이니 원시림이니 별이니 하는 이야기를 하지 않았다. 대신 그들이 좋아하는 화제에 끼어들었다. 브리지니 골프니 정치니 넥타이니 등을 이야기했다. 그러면 그들은 분별력 있는 친구를 알게 되었다고 만족해했다."

나이에 따라 이야기의 주제가 달라지는 것은 당연하다. 유치원에서 아파트 값이 어떠니, 담보대출이 어떠니 하며 떠들어대는 아이는 없다. 어른들의 화제는 주로 골프나 정치, 미용이나 성형, 정치나 자동차나 아파트 같은 것이다. 나이에 따라 관심사가 달라진다. 발달심리학에서는 이런 현상을 자연스러운 것으로 보고 있다. 그 나이에 따른 관심사가 아닌 여전히 어린 나이의 관심사를 지니고 있다면 발달지체로 본다. 이를테면 성인이 되었는데도 인형에 집착한다면 심각한 문제가 있다고 보는 것이다. 이삼십 대는 이성과 직장에 대한 관심이 주를 이루고 삼사십 대는 재산 증식과 자녀 문제에 관심이 많다. 노인들은 양지바른 묘지를 보면 자기도 모르게 눈길이 간다고 한다.

그렇다면 어른이면서도 여전히 그림을 품고 다니는 화자는 정신적으로 미숙한 어른이라고 할 수 있을까? 그럴 수 있다. 하지만 우리는 화자를 정신적 미숙아가 아닌 어른 세계의 오염에서 벗어난 순수한 정신을 지닌 어른으로 보고 싶다. 화자가 어린 왕자를 만날 수 있었던 것도 이러한 순수 정신의 소유자였기 때문에 가능했을 것이다. 어른의 세계에 찌든 사람이었다면 그 곁에 어린 왕자가 서 있어도 알아보지 못하지 않았을까? 화자는 어린 왕자를 만나기 전에는 진심으로 이야기할 수 있는 사람이 단 한 명도 없었다고 고백한다.

"이처럼 나는 육년 전 사하라 사막에서 조난을 당하기 전까지 진심으로 대화할 수 있는 사람 하나 없이 홀로 살아왔다."

★
눈에 보이면 확실한가

우리는 앞에 놓여 있는 사물의 반대편을 볼 수 없다. 사물 앞에 불투명한 것이 놓여 있다면 고개를 내밀지 않는 한 그 사물을 볼 수 없다. 빛은 초보 운전자처럼 오로지 직진만 하기 때문이다. 또 어둠 속에서도 사물을 볼 수 없다. 그러니까 제대로 보려면 밝은 빛이 있어야 하고 그 앞에 불투명한 장애물이 있어서는 안 된다. 이처럼 제법 까다로운 조건을 필요로 하는, 보는 것에 대한 확실한 믿음이 있어 왔기 때문이다. '백문(百聞)이 불여일견(不如一見)'이라는 말이 바로 그것이다. 백번 듣느니 한 번 보면 확실하게 알 수 있다는 말이다. 아닌 게 아니라 물건을 살 때 직접 보고 고르는 것이 실수하지 않을 제일 현명한 방법이다. 귀가 닳도록 듣는 것보다 직접 만나보면 그 사람이 어떠한 사람인지 좀 더 확실하게 알 수 있다.

그렇지만 이렇게 '보는 것이 확실하다'는 데 의문을 품은 사람들도 있다. 그 중 대표적인 사람으로 합리주의 철학의 선구자로 잘 알려진 데카르트를 꼽을 수 있다. 모든 것을 의심하는 것에서 출발한 그의 이성적 사고는 심지어 보이는 것마저도 의심한다. 그에 따르면 눈으로 보는 것이 정말 그것인지 어떻게 확신할 수 있냐는 것이다. 예를 들어 물이 담긴 컵에 젓가락을 집어넣으면 물이 닿는 부분에서 젓가락이 휜 것처럼 보인다. 어디 그뿐인가. 우리는 일상에서 수시로 시각적 착각을 일으키는 경험을 하곤 한다. 그러니 보이는 것이 꼭 사실이라고 말할 수 없다는 주장이 설득력을 얻는다. 나아가 보이지 않는다고 해서 사실이 아니라고 말할 수도 없다. 눈으로는 볼 수 없지만 그것이 존재하는 것이 아니라고 할 수 없는 것이다. 특히 아이다운 상상력으로는 보이지 않는다고 해서 없는 것이 아니다. 그들은 있지도 않은 것을 정말 있는 체하면서 놀기도 하고, 보이지 않는 것도 보는 체하면서 논다. 아이의 시각에서는 보이지 않음으로써 오히려 더 많은 것을 볼 수 있다는 아이러니가 생겨난다. 그러나 성장할수록 아는 것이 많아질수록 사회생활에 익숙해질수록 아이의 상상력은 사라지고 보이는 것만을 볼 수 있는 현상이 생겨난다. 순수한 시각을 가진 아이가 많은 것을 볼 수 있는 반면, 사회생활에 찌든 어른의 계산적 시각으로는 보는 것이 한정되어 있다면 슬픈 일이 아닐 수 없다.

앞으로 우리는 어린 왕자와 함께 신비한 여행을 동행하면서 보이지 않는 것과 보이는 것이 무엇을 의미하는지 더욱 잘 이해하게 될 것이다. 그렇게 된다면 그림 1호를 보고 즉각적으로 코끼리를 삼킨 보아 뱀이라는 것을 알아차릴 수 있을 지도 모르겠다.

2
만남

〈어린 왕자〉의 줄거리는 만남과 만남의 연속으로 이루어져 있다. 호
메로스의 〈오디세이〉에서 오디세이가 트로이 전쟁을 마치고 귀향하면서
겪는 온갖 만남과 모험을 만날 수 있듯이, 〈어린 왕자〉 또한 어린 왕자의
여행과 만남으로 이루어져 있다. 그 만남에는 어린 왕자가 여섯 개의 별
을 여행하면서 만난 왕, 허영장이, 술꾼, 사업가, 점등인, 지리학자가 있
다. 또 지구에 도착한 어린 왕자는 뱀, 볼품없는 꽃, 여우, 장미꽃들을 만
나고 화자인 조종사와 만난다. 물론 어린 왕자의 만남에는 자기 별에서
꽃과의 만남도 빼놓을 수 없다.

코끼리를 삼킨 보아뱀을 그린 적이 있는 아이는 성장하여 조종사가 된
다. 그런데 어느 날 혼자서 비행기를 몰다가 불행히도 사하라 사막에 불

시착하고 만다. 먹을 것과 마실 것이 한정되어 있는 상황에서 사막에서의 불시착이란, 구조대를 제 때 만나지 못하거나 비행기를 수리하지 못하면 죽을 수 있는 위급한 상황이다.

화자는 불시착한 첫날밤 잠깐 잠이 들었다가 동틀 무렵 어떤 야릇한 목소리에 화들짝 놀라 깨고 만다. 아마도 화자는 밤새 두려움과 외로움으로 쉽사리 잠을 이루지 못했을 것이다.

"첫날밤 나는 사람이 사는 곳에서 수천마일이나 떨어진 사막에서 잠이 들었다. 나는 바다 한가운데에 떠 있는 뗏목 위의 표류자보다도 훨씬 더 외로웠다."

죽음의 두려움이 엄습하고 홀로 모든 것을 해결해야 하는 절망적인 상황에서 잠이 쉬이 올 리 없다. 밤새 뒤척이다가 깜빡 잠이 들었을 것이다. 그런데 화자를 깨운 것은 "양 한 마리 그려줘!"라고 말하는 목소리였다. 화자는 잠결에 기겁을 하며 일어섰고 눈을 비비고 주위를 살폈다. 화자의 눈앞에 나타난 것은 "이상하게 생긴 조그만 사내아이"였다. 다음의 그림은 화자가 기억을 더듬어 그린 그 조그만 사내아이다. 가슴에 장미 문양을 달고 양쪽 어깨에 노란별이 달린 긴 망토에 장화를 신고 칼을 들고 있는 금발 머리 소년의 모습은 현실에서 볼 수 있는 차림은 아니다.

　신비한 소년은 처음 보는 사람에게 양을 그려달라고 말한다. 처음 만
나는 사람에게 다짜고짜 이런 부탁을 하는 어른은 없다. 처음 만나는 사
람에게 "양 한 마리 그려 줘"라고 말했다가는 미친 사람 취급 받기 딱 알
맞다. 그런데 아이들 사이에는 이런 방식이 가능하다. 아파트 놀이터 주
위에 있는 벤치에 잠깐 앉아 있어 보라. 이사 온 아이는 또래 아이들이
놀고 있으면 그냥 가서 논다. 같이 놀아도 되겠냐고 굳이 허락받지 않는
다. 스스럼없이 또래 아이들 놀이에 끼어서 자연스럽게 어떤 역할을 한

다. 놀고 있던 아이들도 구태여 새로운 아이를 따돌리지 않는다. 아이는 한참을 놀다가 집에 가고 싶으면 그냥 간다. 먼저 가서 미안하다는 둥 변명을 하지 않는다. 끼고 싶으면 끼고 가고 싶으면 간다. 어른들 사이에서는 절대로 있을 수 없는 일이다. 친구들 서넛이 모여 차를 마시고 있는데 모르는 사람이 불쑥 끼어들 수가 있겠는가. 아이니까 가능한 것이다. 낯선 사람에게 양을 그려달라고 한 어린 왕자의 행동은 그가 아이이기 때문에 가능한 것이다. 어린 왕자는 놀라서 어안이 벙벙한 화자에게 다시 양을 그려달라고 간곡하게 부탁한다.

"부탁이야…… 양 한 마리 그려줘……"

그런데 화자의 태도가 재미있다. 사막의 한 가운데서 갑자기 나타난 누군가 양을 그려달라고 했을 때 과연 어떤 태도를 취할 수 있을까? 화자는 갑자기 인상 깊은 신비스러운 일을 당하면 순순히 따를 수밖에 없다고 말한다. 그는 사람들이 사는 곳에서 수천마일이나 떨어진 장소에서 언제 죽을지 모르는 상황에서 참으로 엉뚱하다고 느끼면서도 종이와 만년필을 꺼낸다. 그러나 그는 지금까지 단 한 번도 양을 그려본 적이 없기 때문에 어렸을 때 그렸던 코끼리를 삼킨 속이 보이지 않는 보아 뱀을 그려 어린 왕자에게 보여준다. 그러자 어린 왕자는 그 그림이 모자 그림이 아니라 코끼리를 삼킨 보아 뱀이라는 것을 단번에 알아차린다. 그는 겉모습만으로 판단하는 것이 아니라 속을 볼 수 있는 아이였던 것이다.

"아냐, 아냐, 보아 뱀 속의 코끼리가 아냐, 보아 뱀은 아주 위험해.
코끼리는 아주 거추장스럽고. 내가 사는 곳은 아주 조그맣거든. 난
양이 필요해. 양 그려줘."

이번에 화자는 양을 그려 어린 왕자에
게 준다. 어린 왕자는 그림을 주의 깊게
바라보더니 양이 병들었다고 한다.

 화자는 다른 방식으로 양을 그린다. 그
러자 어린 왕자는 이건 양이 아니라 뿔이
난 염소라고 한다.

화자는 세 번째 양을 그린다. 그 역시 어
린 왕자에게 거절을 당한다. 양이 너무 늙
었다는 것이다.

더 이상 시간을 지체할 수 없는 화자는 아무렇게나 상자를 그린 다음
한 마디를 던진다. "이건 상자야. 네가 원하는 양은 그 안에 있어."

 그러자 어린 왕자는 얼굴이 환해지면서 비로소 만족해한다. 그리고 상자를 들여다보며 양이 잠들었다고 말한다. 코끼리를 소화시키고 있는 보아 뱀의 그림을 알아본 어린 왕자는 상자 속의 양의 모습도 알아보았던 것이다.

 조종사가 그려준 숨구멍이 세 개 뚫려있는 상자는 하나의 독립된 세계다. 만일 두 사람이 약속만 한다면 그 상자 속에는 별별 것이 다 들어있을 수 있다. 우리가 보이지 않는 세상을 인정하기만 하면 그 곳은 어느것으로도 경계 지을 수 없는 광대한 세상이 된다. 그림 속 상자는 작은 상자에 불과하지만 원하는 것은 무엇이든 담을 수 있는 마술 상자다. 그들이 그림을 들여다보면서 작은 양이니, 잠이 들었느니 하는 모습을 본다면 어른들은 쓸데없는 짓을 하고 있다고 생각할 것이다. 정말 쓸데없는 짓을 하는 사람들이 누군지는 모르겠지만……

 과연 여러분은 상자를 들여다보며 향기로운 꽃이 들어 있느니, 맛있는 빵이 들어있느니 하고 재미있게 놀이를 할 수 있는가? 지금 그것이 가능하다면 여러분은 순수하고 아름다운 삶을 살아가고 있다는 증거일 것이다.

신비로운 만남

　갑자기 나타난 어린 왕자와 화자와의 만남은 이성적으로 설명할 수 없
는 신비스런 느낌을 준다. 혹시 화자가 꿈을 꾸고 있는 것은 아닐까? 아
니면 밤새 거의 잠을 자지 못해 극도의 피곤한 상태에서 헛것을 본 것은
아닐까? 사실 화자는 위험하고 낯선 사막에 불시착하여 커다란 위기의
식을 느끼고 있기 때문에 정신 상태가 정상적이라고 말하기는 어렵다.
또 하나 이상한 것은 사람들이 사는 곳에서 수 천리나 떨어진 사막에 어
떻게 정체불명의 아이가 생존할 수 있느냐 하는 것이다. 그러한 사막에
서 길을 잃은 것 같지도 않고 피곤하거나 배고픈 것 같지도 않은 아이를
만난다는 것이 정말 가능한 일일까? 또 자고 있는 사람에게 난데없이 양
을 그려 달라는 것이 과연 있을 수 있는 일일까? 어린 왕자의 나타남은
신기루일 수도 있다. 논리적으로 따지자면 어린 왕자와의 만남은 설명이
불가능하다. 하지만 그는 외로운 사막 한 가운데서 죽음과 마주하고 있
는 상황에서 엉뚱한 짓이라고 느끼면서도 그림을 그릴 수밖에 없었던 것
이다.

이런 신비스런 방식으로 화자는 어린 왕자를 만난다. 그들의 만남이 우연일까 필연일까. 〈어린 왕자〉에서 두 사람의 만남은 참으로 우연한 것으로 보일 수 있다. 하지만 그 만남은 필연일 수도 있다. 왜 하필이면 그 때 비행기가 그곳에 추락했지? 왜 하필이면 어린 왕자는 그 때 그곳을 지나가게 되었지? 그렇다면 그들의 만남은 이미 정해져 있던 것이 아닐까 하고 생각해 볼 수 있다.

✹ 만남의 우연성과 필연성

두 사람의 만남을 우리에게 적용시켜 다음의 질문을 던질 수 있다. 우리가 살아가면서 만나는 모든 사람들은 애초부터 운명으로 정해진 것일까? 아니면 각자 자신의 길을 걷다가 우연하게 만나게 된 것일까? 과연 우리의 만남이 우연일까 필연일까? 부모와 자식 사이의 만남이라는 것도 정자와 난자의 만남이 처음부터 운명 지어진 것인가 아니면 우연히 만나게 된 것인가. 우연일 수도 있겠고 필연일 수도 있을 것이다. 그런데 20세기 전반을 풍미했던 초현실주의자들은 만남이 우연이든 필연이든 다 의미가 있다고 생각했다. 그들은 일상에서 서로 관계가 없는 오브제들의 우연한 만남 자체가 예술이 된다고 주장했다. 예를 들어 책상하면 책, 연

필, 공책, 컴퓨터 등이 떠오른다. 책상에 하늘, 오토바이, 소나무, 트럭을 연결시키기는 억지스럽다. 그런데 초현실주의자들은 우연한 오브제들을 아무렇게나 모아 놓고 그것이 예술품이라고 선언했다. 사실 그들의 선조격인 다다이스트들은 다다이즘 선언을 위해 카페에서 우연히 테이블에 놓여있는 신문을 주워 아무런 기사나 읊어댔는데, 이 역시 우연의 예술성을 강조하기 위한 수작이었다. 살바도르 달리의 그림을 보면 도저히 함께 있을 것 같지 않은 오브제들이 함께 존재한다. 그것은 비논리적이고 비이성적인 조합으로 예술가는 아무런 의도 없이 우연히 그것들을 만나도록 할 뿐이다. 초현실주의자들은 의식의 개입 없이 만나도록 하는 우연을 '객관적 우연'이라고 불렀다.

조종사와 어린 왕자의 만남도 '객관적 우연'의 만남이라고 해도 전혀 이상할 것이 없다. 그들의 만남으로 인해 사막에서 한 폭의 아름답고 신비로운 이야기가 펼쳐질 것이기 때문이다. 만남이 우연이든 필연이든 그것보다 우리는 만남이 갖는 의미에 더욱 관심이 크다. 우리는 평생을 살면서 엄청난 만남을 경험한다. 하지만 그 수많은 만남 속에서 각자의 가슴 속에 꽃이 피는 만남은 극소수에 불과하다. 스쳐 지나가는 사람들, 잠깐 인사를 나누는 사람들, 악수를 하는 사람들은 굉장히 많을 것이지만 가슴 속에 영원히 기억으로 남는 사람은 몇몇 되지 않는다. 기억이 별이 되어 가슴에 남는 만남이야말로 진정한 만남이며, 그 만남은 어린 왕자

와 화자, 어린 왕자와 여우 그리고 어린 왕자와 꽃과 같은 만남일 것이
다.

3
별

어린 왕자와 화자의 대화 방식은 약간 이상하다. 보통 두 사람 사이의 대화는 주고받는 것이 일반적이지만 그들은 어린 왕자가 일방적으로 질문을 하고 화자는 대답을 한다. 이 모습은 말문이 막 트인 어린아이가 무차별적으로 질문을 해대는 것과 유사하다. 그러면 어른들은 가장 일반적이면서도 평범한 그래서 한 번도 깊이 있게 생각해 본 적이 없는 아이의 질문에 당황한다. 어린 왕자는 화자에게 많은 것을 물으면서도 정작 화자의 질문에는 대답하지 않는다. 화자는 어린 왕자의 말들을 종합하여 그에 대해서 조금씩 알 수밖에 없다. 예를 들어 다음과 같은 대화에서 그는 어린 왕자가 별에서 왔다는 것을 짐작한다. 어린 왕자는 고장 난 비행기를 보며 질문한다.

"이 물건은 도대체 뭐야?"

"물건이 아니야. 날아다니는 거야. 비행기야. 내 비행기."

내가 날아다닌다는 것을 알려 주면서 나는 자랑스러웠다. 그러자 어린 왕자가 소리쳤다.

"뭐! 아저씨가 하늘에서 떨어졌다고?"

"그래." 나는 겸손하게 대답했다.

"야! 그거 재밌는데……"

그리는 어린 왕자는 매우 유쾌한 웃음을 터뜨렸으므로 나는 기분이 좀 언짢아졌다. 내 불행을 진지하게 생각해 주기를 바랐던 것이다.

"그럼 아저씨도 하늘에서 온 거네! 어느 별에서 왔어?"

나는 문득 그의 존재의 신비로움을 이해하는 데 한 줄기 빛이 비치는 걸 깨닫고 갑자기 물었다.

"그럼 넌 어떤 별에서 온 거니?"

그러나 어린 왕자는 대답하지 않았다. 그는 내 비행기를 바라보며 가볍게 고개를 끄덕였다.

화자가 어린 왕자의 정보를 아는 것은 이런 식이다. 퍼즐을 맞추듯 어린 왕자의 단편적인 말들을 엮어 미루어 짐작한다. 화자는 어린 왕자의 별이 아주 작다는 것도 알게 된다. 화자는 자신이 그려 준 양을 어린 왕자가 어디로 데려가려 하는지를 묻는다. 하지만 어린 왕자는 대답 대신 무엇인가를 골똘히 생각하며 말한다. "참 잘 됐어. 아저씨가 준 상자를 밤에는 집으로 쓸 수 있을 거야." 화자는 어린 왕자가 착하게 굴면 낮에 양을 메어둘 수 있는 말뚝도 그려줄 수 있다고 제안한다. 그러자 어린 왕자는 놀란 표정으로 말한다.

"매 놓다니! 참 재밌는 생각이네……"
"하지만 매 놓지 않으면 아무 데나 가서 길을 잃어버릴 지도 몰라……"
그러자 내 친구는 다시 웃음을 터뜨렸다.
"아니, 가긴 어디로 가?"
"어디든지. 곧장 앞으로……"
그러자 어린 왕자는 진지하게 말했다.
"상관없어. 내가 사는 곳은 아주 작아!"
그리고는 약간 우울한 기분으로 덧붙였다.
"앞으로 곧장 가도 멀리 갈 수가 없는 걸."

어린 왕자의 별은 앞으로 가봤자 얼마 나갈 수 없는 작은 별이었다.

"나는 이렇게 아주 중요한 두 번째 사실을 알게 되었다. 그가 원래 살던 별은 집보다 약간 크다는 것이다!"

신비한 소년이 살았다는 작은 별은 어떤 곳일까? 정말 하늘에서 빛을 발하고 있는 별들 중 하나일까? 집보다 약간 큰 것으로 표현된 어린 왕자의 별이 집의 개념을 가지고 있는 것은 확실하다. 어린 왕자는 자신이 사는 곳을 프랑스어 'chez moi'로 표현하고 있다. 이것을 직역하면 '내가 살고 있는 집' 또는 '우리 집'이 된다. 어린 왕자의 별에는 화산이 세 개 있다. 두 개는 활화산이고 한 개는 사화산이다. 그가 별에서 정기적으로 해야 할 일은 풀을 뽑아주는 일과 화산을 청소하는 일이다. 그리고 외롭다는 느낌이 들 때는 석양을 바라본다. 별의 크기와 환경을 감안할 때, 어린 왕자가 부엌이 딸린 원룸에 살고 있다고 가정하면 매우 재미있다. 그러면 그는 가끔씩 집안 청소를 하거나 때때로 서쪽으로 나 있는 창문을 통해 석양을 바라보는 것이 된다. 세 개의 화산을 가스레인지로 본다면 활화산은 불이 잘 켜지는 가스레인지일 것이고 사화산은 고장 난 가스레인지일 것이다.

요즘 도심지에서는 어둔 밤에도 별이 잘 보이지 않는다. 전기불이 적은 시골에나 가야 밤하늘에 쏟아지는 별들을 만날 수 있다. 대신 도시에는 아파트 창가에 켜진 무수한 별들이 있다. 창가의 조명은 식구들이 모여 도란도란 속삭이는 별인 것이다. 그렇다면 어린 왕자가 여행하는 여섯 개의 소행성은 각자의 고유한 성격을 지닌 개인들이 살고 있는 집이라고 할 수 있다. 〈어린 왕자〉에서 별의 의미는 집이자 동시에 그의 개인적 세계인 것이다.

4
아이와 어른

어린 왕자의 별을 생각하면서 화자는 소위 어른들이란 어떤 존재인지를 희극적으로 보여준다. 우주에는 어린 왕자의 별처럼 너무 작아서 망원경으로도 볼 수 없는 작은 떠돌이 별이 엄청나게 많다. 천문학자들은 작은 별을 발견하면 이름 대신 번호를 매기는데, 그가 보기에 어린 왕자의 별은 '소혹성 B612호'일 수 있다는 상당한 근거가 있다.

그 혹성은 딱 한번, 1909년에 터키 천문학자에 의해 망원경에 잡힌 적이 있다.

당시 그는 국제천문학회에서 자신이 발견한 별을 훌륭하게 증명하였다. 그러나 그가 입은 옷 때문에 아무도 그의 말을 믿지 않았다. 어른들이란 이런 식이다.

터키의 한 독재자가 국민들에게 유럽식으로 옷을 입지 않으면 사형에 처하겠다고 강요한 것은 소혹성 B612호의 평판을 위해서는 다행스러운 일이었다. 1920년 그 천문학자는 매우 멋있는 옷을 입고 소혹성에 대해 다시 증명을 했다. 그러자 이번에는 모두들 그의 말을 믿었다. 여러분에게 소혹성 B612호에 관해 이렇게 자세히 이야기하고 그 번호까지 알려주는 것은 어른들 때문이다.

어린왕자의 별이 소혹성 B612호일 것이라고 구체적으로 숫자를 밝힌 것은 어른을 위해서다. 하지만 재미있는 것은 생텍쥐페리의 최초의 장편 소설인 〈남방 우편기〉에서 주인공의 비행기 번호가 바로 612호였다.

어른들은 격식을 중시한다. 천문학자의 예에서 보듯 사실규명 이전에 옷차림이 더욱 중요한 것이다. 또 하나, 어른들은 숫자를 좋아한다. 숫자는 계산이다. 어린 왕자가 별들을 여행하던 중 한 사업가를 만나는데 그는 온 종일 계산만 한다. 계산은 돈 계산도 포함되지만 사람과 사람과의 관계를 따지는 것도 포함된다. 무슨 일이 생겼을 때 자기에게 유리할지 불리할지 따지는 것도 계산에 속한다. 그들은 계산에 능한 사람이 사회에서 성공할 수 있다고 믿는다. 그러니 어른들이 숫자를 중요하게 생각할 수밖에. 화자가 어린 시절 처음으로 그림을 그렸을 때, "어른들은 속이 보이거나 보이지 않는 보아 뱀 그림은 집어 치우고 지리, 역사, 계산, 문법에 관심을 가지라고 충고"한 적이 있다. 또 숫자는 학교에서 배우는 학문의 기초가 되기도 한다. 생각해 보라. 산수뿐 아니라 지리, 역사, 문법에는 얼마나 많은 숫자가 나오는가. 그래서인지 어른들은 모든 것을 숫자로 판단하려는 경향이 크다.

어른들은 숫자를 좋아한다. 새로 사귄 친구 이야기를 할 때면 그들은 중요한 것은 묻지 않는다. 어른들은 "그 애 목소리는 어때? 그 애가 좋아하는 놀이는 뭐야? 나비를 수집하니?"라고 절대 묻지 않는다. 대신 "나이가 몇이냐? 형제는 몇이고? 몸무게는 얼마지? 아버지 수입은 얼마야?"하고 묻는다. 그제야 그 친구가 누군지를 알았다고 생각하는 것이다.

다 맞는 말이다. 흔히 어른들은 자동차 배기량이나 아파트 평수의 크기에 따라 자기의 능력과 권위가 결정된다고 믿는다. 그래서 아파트 주민들은 누군가를 부를 때 이름 대신 아파트 호수를 부르기도 하는 것이다.

만약 어른들에게 "창가에 제라늄이 있고 지붕에는 비둘기가 있는 참 예쁜 분홍빛 벽돌집을 보았어요."라고 말하면 그들은 그 집이 어떤 집인지 상상하지 못한다. 어른들에게는 "십만 프랑 짜리 집을 보았어요."라고 말해야 알아듣는다. 그러면 그들은 "아, 참 좋은 집이구나!"하고 소리친다.

(⋯⋯)

어른이란 이런 식이다. 그러니 그들을 미워해서는 안 된다. 아이들은 이런 어른들을 이해하고 항상 너그럽게 대해야 한다.

아이와 어른의 대비를 통해 화자는 아이가 어른을 이해해야 한다고 말한다. 이는 통상의 생각과는 대치되는 생각이다. 보통은 어른들이 아이를 이해해야 한다고 말한다. 그래서 화자는 어린 왕자와의 만남을 다음과 같이 시작하고 싶었다고 말한다. 인생을 이해하는 사람들에겐 이런 식의 이야기가 훨씬 더 진실하게 보였을 것이라고 믿으면서……

"옛날 옛날에 자신보다 좀 더 클까 말까 한 별에서 어린 왕자가 살고 있었는데 그는 친구를 사귀고 싶어 했어요……"

숫자로 설명해야 이해가 가능한 어른은 겉모습을 중시한다. 어른은 보아 뱀 속의 코끼리를 보지 못하는 사람이다. 어른은 삶에서 진짜 중요한 것이 무엇인지 잘 알지 못한다. 그들은 일에 찌든 나머지 훗날 후회하게 될 삶을 살고 있는 것이다. 〈어린 왕자〉에서 시종일관 대립시키고 있는 아이와 어른의 차이점은 다음과 같이 정리할 수 있다.

첫째, 아이는 속을 볼 수 있는 반면 어른은 속을 보지 못한다. 화자는 어른이 되었음에도 어렸을 때 그렸던 그림 1호를 항상 품속에 간직하고 다녔다. 그리고 처음 만나는 사람이 현명한 사람처럼 보이면 그림 1호를 보여주며 무슨 그림인가를 물었다. 정말로 속(본질)을 볼 수 있는 사람인지 궁금했던 것이다. 하지만 어른들은 예외 없이 코끼리를 삼킨 뱀이 아닌 모자라고 대답했다. 어른들은 현실적이다. 상상력은 고갈되었고 오직 눈앞의 이익에만 급급하다. 그들은 현실에 도움이 되는 것에만 관심이 있는 것이다.

둘째, 아이는 아는데 어른은 모른다. 하지만 보통은 거꾸로 생각한다. 어른은 아이가 아직 모르는 것이 많기 때문에 더 배워야 한다고 생각한다. 하지만 어른이 되고 세상 물정을 알아가면서 잃는 것들이 얼마나 많은가. 얻는 만큼 잃는다. 그러니 아이가 다음과 같이 생각하는 것이 틀린 것은 아니다. "어른들은 혼자서는 결코 아무 것도 이해하지 못한다. 자주 설명을 해 주어야 하니 아이로서는 피곤한 일이 아닐 수 없다."

셋째, 고정관념에 사로잡히면 그림 1호가 그냥 모자로 보일 뿐이다. 어른은 그림이 코끼리를 삼킨 보아 뱀이라고는 꿈에도 생각하지 못한다. 속이 보이는 그림 2호를 먼저 보고 그림 1호를 다시 볼 때, 비로소 보이지 않던 뱀의 눈이 보인다. 아이가 보는 세상과 어른이 보는 세상은 이처럼 다르다. 교육과 문화로 인해 단단히 형성된 고정관념만큼 무서운 것은 없다. 세상을 온통 그 고정관념이라는 색안경을 쓰고 판단할 것이기 때문이다.

넷째, 어른은 숫자를 좋아한다. 파리나 꿀벌이나 제라늄 같은 것에는 관심이 없고 오로지 숫자로 판단하고 서열을 매기는데 익숙하다. 점수, 등수, 액수 이런 것에 더 많은 관심을 기울이는 것이다. 이는 13장에서 만날 사업가의 태도에서도 분명하게 확인된다.

〈어린 왕자〉 맨 앞에는 저자의 서문이 있다. 예상과는 달리 저자는 자신의 동화를 레옹 베르트라는 어른에게 헌사하며 아이들에게 용서를 구한다.

레옹 베르트에게

내가 이 책을 어른에게 바친 것에 대해 아이들에게 용서를 빕니다. 여기에는 중요한 이유가 있습니다. 이 어른은 세상에서 내가 가장 좋아하는 친구입니다. 또 다른 이유는 이 어른은 모든 것을 다 이해할 줄 안다는 것입니다. 아이들을 위해 쓴 책들도 이해합니다. 세 번째 이유는 이 어른은 프랑스에 살고 있는데 굶주리며 추위에 떨고 있습니다. 그는 정말 위로를 받아야 합니다. 그럼에도 이 모든 해명이 충분하지 않다면, 나는 이 책을 그 어른이 예전에 아이였던 시절의 그에게 기꺼이 바치고 싶습니다. 모든 어른들은 어린 시절이 있습니다. (그러나 대부분의 어른들은 어린 시절에 대해 기억하지 못합니다.) 그래서 나는 나의 헌사를 이렇게 고치겠습니다.

아이였을 때의
레옹 베르트에게

이 서문을 보면 레옹 베르트라는 어른은 아이의 심성을 지니고 있는 사람이다. 아마도 화자와 유사한 성향을 지니고 있는 사람인 것 같다. 그럼에도 아이들이 어른에게 헌사하는 것을 못마땅하게 여긴다면 "아이였을 때의 레옹 베르트에게" 책을 바치겠다는 것이다. 아이가 아니었던 어른은 단 한 사람도 없을 것이기 때문에……

아이의 특징은 변화다. 신체적 변화는 물론 생각도 자꾸 바뀐다. 하지만 어른은 변하기가 힘들다. 변화를 두려워한다면 나이가 들었다는 징조다. 이미 만들어진 생각의 틀 속에 있다고 해서 어른을 기성세대(旣成世代)라고 한다.

여러분은 아이인가 어른인가? 대한민국 국민은 만 19세 이상이면 어른이다. 술집에 들락거릴 수도 있고 투표도 할 수 있다. 그런데 여기서 아이라는 것은 상상력이 풍부하고 고정관념에 사로잡혀 있지 않은 사람의 뜻이 강하다. 아직 19세가 안 됐더라도 생각이 폐쇄된 테두리 속에 고정되어 있다면 그는 어른과 같다.

여러분은 화자가 그린 그림 1호를 보아 뱀으로 보았는가? 모자로 보았는가? 모자로 보았다고 해서 틀 속에 갇혀 있는 어른이라고 실망할 필요는 없다. 그것은 하나의 상징적인 예에 불과하다. 그런데 처음 만나는 사

람을 연봉이나 아파트 평수로 판단한다면 그건 좀 심각하다. 어린 왕자
의 말에 따르면 그러한 사람은 사람이기보다 버섯일 가능성이 농후하다.

5
좋은 것과 나쁜 것

어린 왕자와 그가 살았던 별에 대해 점차 알아 가던 화자는 사흘 때 되던 날 바오밥나무의 비극을 알게 된다. 집 안에서 화분을 기르다 보면 원하지 않는 풀이 자라나는 경우가 있다. 실내의 화분에 뿌리를 내린 그 풀의 씨앗은 어디선가 바람을 타고 날아왔을 것이다. 씨앗은 조건만 맞으면 어디서든 새싹을 틔우는 강한 생명력을 지니고 있다. 그 조건이란 고대 그리스인들이 말한 생명의 4원소와 딱 맞아 떨어진다. 엠페도클레스는 우주의 기본 요소를 공기, 물, 불, 흙으로 설정한 바 있다. 공기와 흙과 물이 있고 햇볕이 있으면 씨앗은 새싹을 틔운다. 어린 왕자의 별도 예외는 아니어서 알 수 없는 곳에서 날아든 씨앗들이 싹을 틔우곤 했다. 그 중에는 무서운 바오밥나무의 씨앗도 있었다.

✯ 바오밥나무의 교훈

　양이 작은 나무를 먹는다는 사실에 안도하는 어린 왕자를 보며 화자는 왜 그 사실이 그렇게 중요한지 이해할 수가 없었다. 어린 왕자는 이렇게 질문한다.

"그럼 양이 바오밥나무도 먹겠네?"

　화자는 어린 왕자에게 바오밥나무는 작은 나무가 아니라 성당만한 거대한 나무고, 한 떼의 코끼리를 데려간다 해도 한 그루의 바오밥나무를 먹어치우지 못할 것이라고 일러 준다. 한 떼의 코끼리라는 말에 어린 왕자는 웃으며, "코끼리들을 포개 놓아야겠네……" 하고 말한다. 그가 웃은 것은 다음의 그림을 상상했기 때문이다.

　그런데 어린 왕자는 현명하게도 이렇게 말했다. "바오밥나무도 커다랗게 자라기 전에는 작은 나무

잖아?"

그렇다. 우리는 바오밥나무 하
면 아무 생각 없이 아프리카의 거
대한 나무를 떠올린다. 하지만 아
무리 큰 나무라도 귀엽고 조그만 새
싹부터 시작하는 것이 자연의 법칙이
다.

어린 왕자의 별에는 풀들이 자란다. 그런데 어린 풀들은 모습이 비슷
비슷해서 어떤 종류의 풀인지 알 수가 없다. 그래서 어린 왕자는 새로 풀
이 나면 잘 살펴보다가 그것이 나쁜 풀이라고 판단되면 뽑아 버린다. 어
떤 풀이 좋은 풀이고 어떤 풀이 나쁜 풀일까? 흔히 우리는 잡초를 나쁜
풀로 간주하고 자라기 전에 뽑아 버린다. 잡초는 쓸모가 있는 잔디나 채
소에 도움이 되지 않기 때문이다. 그런데 어린 왕자의 별에서 좋은 풀과
나쁜 풀의 기준은 쓸모가 아니라 크기다. 다 컸어도 여전히 작은 풀은 좋
은 풀이고 바오밥나무처럼 큰 나무가 되는 새싹은 나쁜 풀인 것이다.

이처럼 좋고 나쁜 것은 상대적이다. 처음부터 좋은 것이 좋은 것이고
나쁜 것이 나쁜 것은 아니다. 어린 왕자의 별은 아주 작기 때문에 그 새

싹이 장차 큰 나무로 자랄 것 같으면 나쁜 풀이 되고, 당장 뽑아 주어야 한다. 풀 뽑기를 게을리 했다가는 결국 큰 나무가 되어 별을 먹어치울 것이다. 어린 왕자의 작은 별에서 바오밥나무는 나쁜 나무지만 반대로 지구처럼 큰 별에서는 환영받을 수 있다. 아프리카의 바오밥나무는 멋진 풍경을 만들고 있는 것이다.

바오밥나무의 예에 따르면 상황과 환경에 따라 좋고 나쁜 것이 결정된다는 것을 알 수 있다. 평화 시에 사람을 죽이면 살인죄를 저지르는 것이 되지만 전쟁터에서 적군을 죽이면 훈장을 받는다. 사람을 죽인다는 사실은 같지만 상황에 따라 살인자가 되거나 영웅이 된다. 모래가 백사장에 놓여 있으면 좋은 것이 되지만 밥 그릇 속에 들어있으면 나쁜 것이 된다. 이렇게 생각하다 보면 원래 인간이 선한 존재인가 악한 존재인가를 따지는 것도 별로 큰 의미가 없어 보인다. 막 태어난 아이는 선과 악의 개념에서 동떨어져 있는 존재다. 비록 어떤 특별한 유전적 경향을 지니고 태어났다 하더라도 성장하면서 환경, 교육, 상황에 따라 선한 사람이 될 수도 있고 악한 일을 저지를 수도 있는 것이다.

뉴스의 사회 란에는 수시로 흉악범들이 보도된다. 어찌 인간으로서 그럴 수 있을까 싶을 정도로 잔인한 범죄를 저지른 사람들이다. 그런 범죄자들은 유전적으로 범죄의 DNA를 가지고 태어난다는 주장도 있다. 그러나 그들의 과거, 특히 원가족과의 관계를 잘 살펴볼 필요가 있다. 그들이 따뜻하고 사랑이 넘쳐나는 가정환경에서 성장했다면 어땠을까? 부모로부터 아무런 보살핌도 받지 못한 환경, 지나치게 권위적이어서 개인적 표현이 근본적으로 가로막힌 일방적 분위기, 폭력적인 부모 등으로 인해 자존감이 피폐해지고 사회에 대해 까닭 없는 원한을 키운 것은 아닐까? 더 큰 문제는 그러한 범죄자의 환경과 성향이 다음 세대로 대물림된다는 것이다. 부모로부터 방치되거나 학대를 받아 원망이 커지고 분노의 감정을 조절할 수 없다면, 그 아이 역시 부모처럼 될 위험이 있다. 진정한 선진국이 되기 위해서는 국민소득과 같은 숫자놀음보다는 환경, 교육, 체계를 보완해야 하는 이유가 여기에 있다.

인간은 자꾸 분류하려는 습관이 있다. 쓸모 있는 것과 쓸모없는 것, 이편과 저편으로 나누고, 맛있는 것과 맛없는 것으로 나눈다. 남자와 여자로 나누고 영남과 호남으로 나눈다. 착한 사람과 나쁜 사람으로 나누고 좋은 것과 나쁜 것으로도 나눈다. 이러한 분류에는 내편을 강화하려는 심리가 작용한다. 적을 만들어 자기들끼리 연대감을 강화하려는 정치적 수법도 이와 비슷하다. 일본과 운동 경기를 할 때 영남이나 호남이 하나가 되어 응원하는 것은 우리 팀과 일본 팀의 분류가 있기 때문이다. 그런데 어린 왕자가 풀을 분류하는 것처럼 분류가 꼭 유해한 것은 아니다. 다만 분류를 정략적으로 이용하여 개인이나 특정 단체가 이익을 취하려 할 때는 꼭 문제가 생긴다.

✶
씨앗의 잠재성

비록 인간이 구분하는 것을 좋아할지라도 땅 속에 씨앗으로 있을 때는 어쩔 도리가 없다. 씨앗은 눈에 보이지 않기 때문이다.

씨앗은 눈으로 볼 수 없다. 씨앗은 땅 속의 은밀한 곳에 잠들어 있다가 그중 하나가 갑자기 잠에서 깨어날 것 같은 기분이 든다. 그러면 씨앗은 기지개를 켜고, 아무런 해가 없는 귀엽고 조그마한 새싹을 태양을 향해 살짝 내민다.

땅 속에서 피어날 기회를 엿보고 있는 보이지 않는 씨앗, 아직은 구분할 수 없는 새싹은 잠재성의 교훈을 준다. 씨앗의 형태, 또는 아직 어리다는 사실은 장차 모든 것이 가능한 잠재성을 지니고 있다는 뜻이다. 씨앗이 싹을 피우지 않았다고 해서 죽은 것은 아니다. 씨앗은 잠재적이므로 싹 틔움에 알맞은 조건만 주어지면 언제든지 발아를 한다. 인간도 마찬가지다. 우리 모두에게는 잠재성이 있다. 누구나 선하거나 악할 수 있는 잠재성을 지니고 있는 것이다. 그러므로 중요한 사실은 유용한 잠재성이 발아될 수 있도록 환경의 조성은 물론 스스로 마음 닦기를 게을리 해서는 안 된다는 것이다.

★
바오밥나무를 조심하라!

어린 왕자의 별은 온통 바오밥나무 씨앗이 널려 있었다. 따라서 만일 무시무시한 바오밥나무 새싹 뽑기를 게을리 한다면 별은 금방 망가질 것이다. 어린 왕자는 아침마다 자신의 몸 단장뿐 아니라 정성스럽게 별을 돌본다. 훗날 어린 왕자는 이렇게 말한다.

"그건 규율의 문제야. 아침에 세수를 하고 나면 별도 정성들여 몸 단장을 해 주어야 해. 장미와 구별할 수 있게 되는 즉시 규칙적으로 바오밥나무를 뽑을 수 있도록 해야 하거든. 바오밥나무는 아주 어렸을 때에는 장미와 매우 흡사하게 생겼어. 귀찮은 일이긴 하지만 아주 쉬워."

그리고 어린 왕자는 바오밥나무의 예를 들어 게으름에 대해 말한다. 게으름을 피워서는 안 된다가 아니라, 꼭 해야 할 일을 미루어서는 안 된다는 것이다. 때때로 게으름은 필요할 수도 있다. 그러니 해야 할 일을 하지 않는 것은 게으름이 아니라 직무유기다.

"때로는 할 일을 미루는 것이 아무렇지도 않을 수도 있어. 하지만 바오밥나무는 정말 끔찍하거든."

　어린 왕자는 게으름뱅이가 살고 있는 한 별을 알고 있었다. 그런데 게
으름뱅이는 작은 나무 세 그루를 무심히 내버려 두었다. 그 결과는 끔찍
한 것이었다. 해야 할 일을 하지 않았기 때문이다. 다음의 그림을 보시
라.

　그러므로 화자는 어린 왕자가 시키는 대로 그림을 그린 다음 이렇게
말한다.

"아이들이여! 바오밥나무를 조심하라!"

삶에는 규율이 있다. 해야 할 것이 있고 해서는 안 될 것이 있다. 게을리 해서는 안 될 것이 있고 조심해야 할 것이 있다. 어린 왕자에게 있어 규율이란 바오밥나무 새싹 뽑기를 게을리 해서는 안 된다는 것이며, 조심해야 할 것은 바오밥나무인 것이다.

우리 각자는 자신의 상황과 사정에 따라 스스로 규율을 만들어 간다. 그리고 어린 왕자가 바오밥나무를 조심해야 하듯 각자 조심하고 경계해야 할 것들이 있다.

여러분에게 조심할 것이 있다면 무엇일까?

"(   )을 조심하라."고 했을 때 이 괄호 속에는 무엇을 넣을 수 있을까. 그것은 순전히 여러분에 달렸다.

예를 들면,
(게으름)을 조심하라
(합리화)를 조심하라
(습관)을 조심하라
(술)을 조심하라
(게임)을 조심하라

심지어는

(남(여)친)을 조심하라……

따지고 보면 조심해야 할 것은 가까운 곳에 있다. 삶을 살아간다는 것은 살얼음의 강을 건너는 것과 비슷하다. 살얼음을 걷지 않고는 강 건너 목적지에 도착할 수 없다. 그러나 살얼음은 언제 깨질지 모른다. 위험하지만 감수해야 하는 것, 그렇지만 경계를 늦춰서는 안 되는 것들이 주위에 널려있는 것이다.

6
석양을 바라보기

〈어린 왕자〉에는 해가 자주 등장한다. 특히 동이 트는 것과 석양이 지는 것으로 일정한 상황과 정서를 표현한다. 예를 들어 별에서 장미꽃이 꽃망울을 터뜨리는 시간이나 화자와 어린 왕자가 사막에서 처음 만나는 시간은 막 동이 트는 시간이다. 사막에서 우물을 발견한 것도 동틀 무렵이다. 일출은 시작, 새로운 만남, 발견의 시간이다. 반대로 어린 왕자는 슬플 때 석양을 바라본다. 뱀에 물려 자기 별로 돌아가는 시간도 저녁이다. 일몰은 슬픈 것이며 귀환의 시간인 것이다.

어린 왕자는 진심으로 석양 보기를 좋아한다. 그가 첫 번째 별에서 만난 왕이 만물을 다스리는 절대군주라고 하자 석양을 보고 싶다는 소원을 청한다.

"그럼 별들도 폐하에게 복종하나요?"

"물론. 즉시 복종하지. 짐은 불복종을 용서하지 않거든." 왕이 말했다.

어린 왕자는 굉장한 권력에 경탄했다. 그런 권능을 가질 수 있다면 의자를 잡아당기지 않고도 하루에 마흔 네 번 아니라 일흔 두 번, 아니 백번 이백 번 해지는 것을 볼 수 있을 것이 아닌가! 그래서 떠나버린 작은 별에 대한 생각 때문에 조금 슬퍼진 어린 왕자는 용기를 내어 왕에게 간청했다.

"해가 지는 것을 보고 싶어요…… 저를 즐겁게 해 주세요…… 해가 지도록 명령해 주세요."

보통은 아침을 시작으로 저녁을 맺음으로 생각한다. 새해가 되면 사람들은 일출을 보기 위해 몰려든다. 해 뜨는 모습을 보면서 새로운 마음으로 한 해를 시작하고 싶은 것이다. 반대로 광채가 사라져가는 석양은 쓸쓸한 노년을 의미한다. 그것은 충만함과 기쁨보다는 노쇠와 슬픔이다. 그렇지만 어린 왕자에게 해지는 것이 꼭 사라져 없어지는 것은 아니다. 몸이 사라진다고 죽는 것이 아닌 것처럼……

"나는 해질 무렵을 좋아해. 해지는 걸 보러 가……"

지구와 같은 큰 별에서 해지는 것을 보기 위해서는 꼬박 하루를 기다려야 한다. 하지만 어린 왕자의 작은 별에서는 그냥 의자를 살짝 당기기만 하면 된다. 그는 원할 때는 언제나 석양을 바라볼 수 있었던 것이다.

"난 어느 날 석양을 마흔 세 번이나 보았어!"

이 마흔 세 번은 생텍쥐페리의 삶과 관계가 있다. 그가 1900년생이고 1943년에 〈어린 왕자〉를 발표했으니 그의 삶에서 지구가 태양을 딱 마흔 세 번 공전을 한 후 어린 왕자와 만난 것이다.

어린 왕자가 말하는 해질녘의 감미로움에는 슬픔이 들어있다.

"정말로 슬플 때는 석양이 좋은 거 알지……"

홀로 앉아 석양을 바라보는 어린 왕자의 슬픈 정서는 외로움으로 봐도 좋을 것 같다. 인간은 본래 외로운 존재가 아닌가.

사막에서 만난 신비한 뱀도 그 점을 말한다. 뱀은 외로움에 대해 이야기 한다. 어린 왕자가 아무도 없는 사막이 좀 외롭다고 말하자 뱀은 사람들 사이에서도 외롭기는 마찬가지라고 응수한다.

"사람들은 어디 있지? 사막에선 좀 외롭네……" 마침내 어린 왕자가 다시 입을 열었다.
"사람들이 많아도 외롭긴 마찬가지야." 뱀이 말했다. 어린 왕자는 오랫동안 뱀을 바라보았다.

사막에서 홀로 존재하는 뱀이 외로움을 말하자, 진한 경험에서 우러나온 것처럼 느껴진다. 꼭 혼자여서 외로운 것은 아니다. 뱀의 말처럼 사람들과 함께 있어도 외로움은 가시지 않는다. 외로움은 아무리 마셔대도 해갈되지 않는 갈증과 같다. 우리는 여러 사람과 함께 웃고 떠드는 순간에도 외로움을 느낀다. 누구를 만난다고 해서 충족되지 않는 것이 외로움이다. 충족시킬 수 없다는 것을 알면서도 충족시키기 위해 무던히 애쓰는 모순적 욕망, 이것이 외로움이다. 그런데 삶에서 외로움은 중대한 역할을 한다. 외로움이 있어야 관계 형성이 가능한 것이다. 혼자인 아이가 친구를 찾아 나서는 것처럼 말이다. 외로움을 느끼기 때문에 누군가와 만나고 싶어 하고 관계를 맺고 싶다는 생각이 든다. 그러므로 어린 왕자의 외로움은 관계 맺기를 위한 정서적 준비라고 할 수 있다. 석양을 바라보며 외로움을 달래던 어린 왕자는 어느 날 문득 싹을 틔운 꽃과 관계를 맺는다.

　외로움의 다른 차원으로 고독을 생각할 수 있다. 우리는 외로울 때 친구나 연인을 만난다. 다른 사람과의 만남은 외로움을 어느 정도 해소시켜 주지만 근본적으로 달래 주지는 못한다. 사랑하는 사람이 옆에 있더라도 때때로 찾아오는 외롭다는 느낌은 고독이 된다. 사람으로 인해 사람은 고독을 느낀다. 외로움이 타인과의 관계 맺음을 위한 전제조건이라면 고독은 변화나 새로움을 위한 성찰의 시간이다. 외로움은 극복의 대상이 아니라 고독으로 승화시켜야 하는 이유가 여기에 있다. 고독은 살아가면서 꼭 필요한 혼자만의 시간이다. 항상 주위에 사람이 많고 떠들썩하게 어울리는 것이 마냥 좋고 혼자가 된 시간을 견딜 수 없는 사람은 관계 중독에 빠져 있는 사람이다. 그러한 사람은 누군가와 연결되고자 끊임없이 갈망하지만 그렇지 않다는 생각에 빠지면 슬픔과 불안감이 엄습한다. 고독을 견딜 수 있는 사람만이 진정으로 관계를 맺을 수 있다. 진정한 사랑을 나눌 수 있다. 석양을 바라보는 어린 왕자의 고독한 자세는 분명 슬픔을 전해 주지만, 훗날 그가 장미꽃과 사랑에 빠지고 여우와 길들이기를 할 수 있는 전제 조건이 된다. 고독 속에 남겨진 혼자의 시간은 명상의 시간이며 기도하는 시간이다. 소진된 기운을 충전하는 시간이다. 그림에서 어린 왕자가 석양을 바라보는 뒷모습이 마냥 슬프지만은 않은 것은 그의 모습에서 명상의 자세를 볼 수 있기 때문이다. 그가 석양을 보면서 보낸 시간만큼 어린 왕자는 성숙해질 것이다. 명상이라는 의미에서 보면 석양을 바라보는 것은 고독한 사막에 홀로 남겨져 자신을 되돌아보는 시간과 흡사하다.

어린 왕자가 바라본 석양은 빛바램이나 소멸 또는 죽음만을 의미하는 것은 아니다. 뱀을 통해 자기 별로 귀환하는 시간처럼 석양에는 순환의 의미가 들어 있다. 오늘 해가 지지만 내일 다시 떠오를 것이다. 해가 지는 시간은 오늘에 대한 아쉬움과 내일에 대한 기대감이 공존하는 것이다.

7
한 송이 꽃의 위대함

사막에 불시착 한 후 마실 물도 먹을 음식도 얼마 남지 않았다고 가정해 보자. 이 때 비행기를 수리하는 것이 더 중요할까 꽃이 가시를 달고 있는 이유를 따지는 것이 더 중요할까? 아마도 비행기 수리가 더 중요하다고 느낀다면 어른인 것이고 꽃의 가시가 더 중요하다고 느낀다면 밤하늘의 별을 감탄하면서 바라보는 순진무구한 아이라고 할 수 있다.

아이들의 특징은 끈질김과 반복이다. 한 번 머리에 떠오르면 그것을 해결해야 하는 아이는 끈질긴 질문으로 어른을 곤혹스럽게 한다. 어린 왕자도 한 번 한 질문은 그냥 지나치지 않는다. 화자는 양 손에 시커먼 기름을 묻혀 가며 비행기를 수리해보지만 뜻대로 되지 않는다. 초조한 상황에서 계속해서 질문을 해대는 어린 왕자에게 화자는 결국 해서는 안 될 말을 하고야 만다. 지금 중요한 일을 하고 있으니까 장미꽃이나 가시 같은 하찮은 문제를 가지고 귀찮게 굴지 말라고 한 것이다. 그러자 어린 왕자는 깜짝 놀라 화자를 바라본다.

"아저씨는 어른들처럼 말하고 있잖아!"

사실 아저씨는 어른이다. 하지만 여기서 어른은 몸이 성장한 어른이 아니라 진짜 중요한 것이 무엇인지 혼동하고 있는 사람이다. 엄청 화가 난 어린 왕자가 소리친다.

"난 시뻘건 얼굴의 신사가 살고 있는 별을 알고 있어. 그는 꽃향기 라고는 맡아본 적이 없어. 별을 바라본 적도 없고, 아무도 사랑을 해 본 일도 없고, 오로지 계산만 하면서 살아 왔어. 그래서 하루 종일 아 저씨처럼 '나는 중요한 일을 하는 사람이야, 나는 중요한 일을 하는 사람이야'라고 되뇌고 있고 교만으로 가득 차 있어. 그는 사람이 아니 야. 버섯이야!"

어른이란 탐스럽고 아름답게 핀 꽃이 있어도 향기를 맡기 위해 발걸 음을 멈출 줄 모르는 사람이다. 아름다운 별이 총총히 떠 있어도 잠시 머 리를 들어 하늘을 바라보며 감탄할 줄 모르는 사람이다. 진심으로 사랑해 본 적도 없는 사람이다. 어른은 현실적인 이익을 추구하기 위해 계산만 하는 사람이다. 그리고 정작 자신이 얼마나 세파에 찌들어 있는지, 아이다움을 잃어버렸는지, 얼마나 교만한지를 알지 못한다. 이런 사람들은 계절이 어떻게 변해 가는지, 사무실의 창문 너머 어떤 풍경이 펼쳐지는지 알지 못할 뿐더러 관심도 없다. 이런 사람들이 계산을 멈추고 머리를 들 때쯤이면 정말 중요한 것들은 다 떠나고 주위에는 아무 것도 남아 있지 않을 것이다.

✷ 부끄러움

어른처럼 말하고 있다는 어린 왕자의 말에 화자는 부끄러움을 느낀다.

"그 말에 나는 조금 부끄러워졌다."

어린 왕자의 지적에 부끄러움을 느꼈다는 것은 화자가 아직은 전적인 어른이 아니라는 것을 의미한다. 그는 어른이 되어서도 보아 뱀의 그림을 가슴에 품고 다닌 사람이다. 그럼에도 그 역시 어느 순간부터 어른 행세를 해 왔다는 사실을 어린 왕자를 통해 문득 깨닫는다. 부끄러움은 후회와 자책의 감정적 표현이다. 심리학에서는 개인이 정해 놓은 일정한 기준에서 부족하다고 느끼거나, 자기 약점이 겉으로 드러날 때 부끄러움을 느낀다고 한다. 부끄러움은 반성의 표현이며 양심에 어긋나는 행동을 조절하는 감정이다. 정신분석학에서 부끄러움은 일종의 방어기제다. 무의식이 의식화되는 것에 대한 두려움이 부끄러움으로 나타난다는 것이다. 감추고 싶은 것을 들켰을 때 부끄러움을 느낀다. 화자 역시 비행기 수리에 대한 초조감을 감추지 못하고 장미꽃 가시를 하찮다고 말해버렸고 곧 후회와 부끄러운 감정이 생겨났던 것이다.

부끄러움을 느끼는가? 그것이 병적인 증상이 아니라면 아직은 아이다움이 남아 있고 양심이 살아있다는 증거다. 다른 사람과의 관계에서, 부끄러움은 스스로를 돌이켜 볼 때 생겨나는 감정이다. 부끄러움은 반성으로부터 생겨난다. 문제는 어떤 일을 저질러 놓고도 부끄러워할 줄 모른다는 것이다. 부끄러운 것은 미성숙이 아니다. 지나치지만 않다면, 부끄러운 것을 부끄러워 할 이유는 없다.

✴
장미꽃이 소중한 이유

어린 왕자에게 장미꽃은 왜 이처럼 소중한 것일까? 화자는 어린 왕자에게 양을 그려 준 적이 있다. 그가 그려준 양은 초식동물이므로 기회만 닿으면 장미꽃을 먹어치우려 할 것이다. 장미꽃이 가시를 달고 있지만 별 저항 없이 양의 먹이가 된다면 정말 큰일이다. 그 장미꽃은 어린 왕자에게 이 세상에 단 하나 밖에 없는 소중한 꽃이기 때문이다.

"수백만 년 전부터 꽃들은 가시를 만들고 있어. 양도 수백만 년 전부터 꽃을 먹어왔고. 그런데도 그들이 아무 소용이 없는 가시를 만들어 내려고 왜 그렇게 고생을 하는지 알려는 건 중요한 일이 아니라는 거야? 양과 꽃들의 전쟁은 중요한 게 아니라는 거야? 붉은 얼굴의 뚱뚱한 신사가 하는 계산보다 더 중요하고 심각한 게 아니라는 거야? 그래서 이 세상 아무데도 없고 오직 나의 별에만 있는 단 한 송이 뿐인 장미꽃을 내가 알고 있다는 사실, 그리고 어느 날 아침 작은 양이 아무 생각 없이 단숨에 그걸 먹어 버릴 수도 있다는 게 중요한 일이 아니라는 거야?"

우리는 어린 왕자와 동행하면서 관계의 문제, 길들임의 의미와 만나게 될 것이다. 길들여진다는 것은 참으로 대단한 일이다. 사랑하는 사람이 생기면 그 사람이 사는 도시가 새롭게 다가온다. 어떤 별에 내가 유일하게 사랑하는 꽃이 피어있다면 그 별은 유난히 밝아 보일 것이고 밤하늘을 바라보며 행복한 미소를 지을 것이다. 그런데 그 꽃이 양에게 먹혀 버린다면 나에게 행복의 의미로 다가왔던 아름다운 별은 빛을 잃고 밤하늘 전체가 어두워질 것이다. 삶의 의미가 사라져 버릴 것이다. 그러니 꽃이 중요할 수밖에……

"수백만 개의 별들 중에 단 한 송이 밖에 없는 꽃을 사랑하고 있는 사람은 별들을 바라보는 것만으로 도 행복할 수 있어. 그는 마음속으로 '내 꽃이 저 기 어딘가에 있겠지……' 하고 생각할거야. 하 지만 양이 그 꽃을 먹어버린다면 그에게는 갑자기 모든 별들이 빛을 잃어 버리게 되는 거야! 그런데도 그게 중요하지 않다는 거 야?"

사랑의 힘은 위대하다. 한 송이 꽃은 지구를 넘어 우주 전체의 별들과 연결되어 있다. 한 송이 꽃이 모든 별들을 빛나게 할 수도, 빛을 잃게 할 수도 있다. 얼마나 위대한가.

장미 가시의 의미

장미꽃은 사랑이다. 그렇지만 사랑이 항상 따뜻하고 감미로운 것은 아니다. 서로를 열렬히 사랑하는 연인이라도 갈등을 겪고 다툰다. 깨가 쏟아지는 신혼부부라도 일정한 기간이 지나면 권태기가 찾아온다. 사랑이 한 결 같이 진한 농도로 지속될 수는 없다. 사랑 속에는 치명적인 아픔이 숨어있다. 그것이 사랑의 묘미일 수 있겠다. 아름다운 장미가 치명적인 가시를 가지고 있듯이.

어린 왕자의 장미꽃은 네 개의 가시를 달고 있다. 어린 왕자는 장미꽃의 말을 지나치게 의식한 나머지 가시의 겉모습만 보고 말았다. 장미꽃은 찔리면 아프고 피가 나는 가시가 있다는 것을 과시하고 싶어 했다. 적어도 겉으로 가시를 세우고 있다는 것을 보이고 싶어 했다. 어린 왕자는 그 과시적인 말과 행동에 치중하여 장미꽃의 속마음을 들여다보지 못했다. 눈에 보이는 가시가 아닌 눈에 보이지는 않지만 별을 아름답게 치장하는 향기를 맡아야 했다. 어린 왕자는 그것을 알지 못했던 것이다.

길들여지지 않은 상태에서 배려와 용서와 관용을 바라는 것은 무리다. 장미꽃의 사랑은 가시의 찔림과 감정의 충돌과 아픔과 고통을 겪은 다음에야 비로소 제 모습을 드러낸다.

✱
분노

어린 왕자가 화자에게 딱 한 번 화를 낸다. 그것도 엄청 크게 화를 낸다. 분노가 치솟아 얼굴이 창백해질 정도다. 어린 왕자는 왜 그렇게 화가 났을까? 어린 왕자에 따르면 화자가 어른처럼 말했기 때문이다.

그런데 어른처럼 말했다고 해서 그렇게까지 화를 낸다는 것은 좀 과하다는 생각이 든다. 무슨 사연이 있는 것일까. 사실 화자와 함께 있는 지금 어린 왕자는 가시가 장미꽃에게 어떤 의미가 있는지 왜 중요한지 잘 알고 있는 상태다. 처음부터 알았던 것은 아니다. 장미꽃을 처음 만났을 때 어린 왕자는 가시에 관심도 없었고 알려고 하지도 않았다. 장미꽃이 가시를 과시하며 호랑이가 와도 무섭지 않다고 허세를 부렸을 때 어린 왕자는 까다롭고 허영심 많은 장미꽃의 태도를 도저히 봐줄 수가 없었다. 그는 곧장 자기 별에는 호랑이도 없고 설령 있더라도 풀 따윈 먹지 않는다고 면박을 준다.

어느 날 장미꽃은 네 개의 가시를 이야기하면서 어린 왕자에게 이렇게 말했다.
"호랑이들이 발톱을 세우고 와도 좋아요!"
어린 왕자는 항의했다. "내 별에 호랑이는 없어요. 그리고 호랑이는 풀을 먹지도 않고요."
"저는 풀이 아녜요." 장미꽃은 조그맣게 대답했다.

어린 왕자는 상대방이 무슨 이유로 가시나 호랑이에 대해 이야기하는지 관심도 없었고 상대에 대한 배려심도 없었다. 장미꽃과의 길들이기를 할 마음의 준비가 전혀 되어 있지 않았던 것이다.

그런데 이번에는 화자가 가시의 의미를 심술부리는 것으로 간단히 치부해 버리자 어린 왕자는 억제할 수 없는 분노에 몸을 떤다. 그런데 엄밀히 따지자면 그 분노의 대상이 화자이기보다는 자기 자신이라고 보는 것이 옳다. 추측건대 화자가 아무렇게 던진 말에서 어린 왕자는 자신이 꽃에게 저질렀던 과거의 말과 행동이 생생하게 떠올랐을 것이다. 이러한 자책감이 분노의 감정으로 표출되었던 것이다.

분노는 기본적으로 타인에 의한 비난이나 무시나 공격으로부터 생겨난다. 그런데 밖의 모습이 아닌 자기의 내면을 볼 줄 알게 된 어린 왕자는, 화자로부터 정작 중요한 것이 무엇인지 알지 못했던 자신의 모습을 투사하게 되자 참을 수 없는 분노가 일었던 것이다.

8
꽃과의 만남

어린 왕자와 꽃과의 만남은 〈어린 왕자〉의 백미라고 할 수 있다. 어린 왕자에게 장미꽃은 그만큼 소중한 존재다.

★ 만남

화자와 어린 왕자가 우연히 만난 것처럼, 어린 왕자와 꽃의 만남도 사전에 어떤 약속이나 전조가 있었던 것은 아니다. 어느 날 문득 근원을 알 수 없는 일이 발생한다.

어린 왕자의 별에는 전부터 꽃잎이 한 겹인 아주 소박한 꽃들이 있었다. 꽃들은 자리를 거의 차지하지도 않았고 귀찮게 하지도 않았다. 꽃들은 어느 날 아침 풀 속에 나타났다가 저녁이면 사라졌다. 그런데 바로 그 꽃은 어디선가 날아온 씨앗으로부터 어느 날 싹이 텄다.

어린 왕자의 별에는 어디에선가 씨앗들이 날아와 싹을 틔웠다. 소박한 꽃들이 아침에 나타났다가 저녁에 사라지곤 했다. 우리의 만남도 이와 같다. 종교적 측면에서 만남은 영원의 시간 속에서 미리 예정된 것이라고 할 수 있다. 운명론을 믿는다면 살아가면서 겪는 모든 일들, 모든 만남들은 조물주에 의해 사전에 계획된 것이다. 그렇다면 어린 왕자의 별에 그 씨앗이 날아 온 것 그리고 싹을 틔운 것은 전혀 우연이 아니다.

'어느 날 갑자기……'는 우리가 흔히 겪는 삶의 모습이다. 어느 날 갑자기 한 사람이 눈에 띄기 시작했다. 어느 날 갑자기 몸 어딘가가 아파오기 시작했다. 어느 날 갑자기 세상이 달리 보였다 등등…… 우리가 살아가면서 겪게 되는 모든 일들은 사실 어느 날 갑자기 생겨난다. 물론 그것이 느닷없이 찾아오지는 않는다. 오랫동안 많은 것들이 쌓이고 쌓여 어느 날 갑자기 하나의 현실로 나타난다. 어린 왕자 역시 별에 나타난 무수한 꽃들, 나타났다가 사라지는 꽃들을 유심히 관찰하다가 어느 날 갑자기 눈이 번쩍 뜨이는 그 꽃과 만나게 된다.

✶
만남은 기적이다

수많은 시간 속에서 무슨 이유로 우리는 동시대 태어났으며 무슨 이유로 한국인이 되었을까? 엄청나게 많은 다른 가능성이 있음에도 무슨 까닭으로 이 시간 이곳에서 우리는 친구가 되고 연인이 되고 부부가 되는 것일까? 과학적으로 증명할 수 없는 이런 생각을 하다보면 신의 섭리라는 종교적 해석에 이르게 된다. 그래서 만남은 기적이라는 말에 고개가 끄덕여 진다. 만남이 기적이라면 아무런 목적이나 이유가 없는 만남은 없고, 소중하지 않은 만남은 없다. 우연히 어린 왕자의 별에 날아와 뿌리를 내린 꽃은 커다란 꽃망울을 맺기 시작한다. 이를 지켜보던 어린 왕자는 어떤 기적이 일어날 것 같은 예감에 사로잡힌다.

작은 나무는 곧 성장을 멈추고 꽃을 피울 준비를 시작했다. 커다란 꽃망울이 맺히는 것을 지켜보고 있던 어린 왕자는 어떤 기적 같은 것이 나타나리라는 것을 느꼈다.

그 기적은 만남의 예감이고, 그 만남으로 인해 앞으로 어린 왕자가 겪게 될 수많은 사건들에 대한 전조이기도 하다. 어린 왕자가 겪게 될 여행과 사랑과 모험은 이 기적 같은 만남에서 시작된다.

★

아름다움이 최고로 빛을 발할 때

우리는 매일 거울을 본다. 거울에 비친 자신의 모습이 마음에 들 때까지 유심히 살피고 단장을 한다. 머리를 매만지고 옷을 골라 입는다. 오늘 같은 날씨에 어떤 옷이 가장 잘 어울릴지, 어떤 구두가 좋을지, 어떤 가방을 들 것인지 세심하게 자신을 연출한다. 나는 연출이라는 말이 참 좋다. 자신을 최대한 빛내고 싶어 하는 마음, 이것이 연출의 마음가짐이기 때문이다. 어린 왕자가 만나기를 고대하는 꽃도 자신의 연출에 여념이 없는 듯 쉽게 그 모습을 드러내지 않는다.

꽃은 녹색 방 속에 숨어 언제까지나 아름다워질 준비를 하고 있었다. 꽃은 섬세하게 빛깔을 고르고 있었다. 천천히 옷을 입고 꽃잎을 하나 둘씩 다듬었다. 그 꽃은 양귀비꽃처럼 구겨진 모습으로 나오고 싶어 하지 않았다.

꽃은 정성을 다해 색을 고르고 자신을 다듬는다. 이 애교스러운 꽃처럼 우리도 새로운 만남의 순간에 자신의 최고의 모습을 드러내고 싶어 한다. 잘 보이고 싶고 돋보이고 싶은 마음은 삶에서 공동체와 연대감이 꼭 필요한 인간의 심리에서 비롯된 것이다. 남을 의식하고 남과 관계 맺고 그 관계망 속에서 살아가는 것은 사람의 사회적 속성이다. 그런데 사람 가운데는 지나치게 남을 의식하는 사람이 있는가 하면, 반대로 지나치게 남을 의식하지 않는 사람이 있다. "그 신비로운 몸단장을 며칠이고 계속하는" 어린 왕자의 꽃은 남을 상당히 의식하는 형이다. 남을 지나치게 의식하면 본인이 괴롭고 남을 지나치게 의식하지 않으면 남이 괴롭다. 그래서 남을 적당히 의식하는 것이 가장 현명할 것인데, 이 '적당히'가 어디까지인지 그 적정선을 찾기가 어렵다. 아마 공자가 말한 중용(中庸)이 이 '적당히'의 개념과 상통할 것이다. 오랫동안 몸단장을 하던 꽃은 어느 날 아침 해가 막 떠오르는 순간 마침내 모습을 드러낸다. 해오름의 순간에 막 피어난 생명은 찬란함과 아름다움의 극치일 것이다.

★
감동

꽃이 피어났을 때 어린 왕자는 감동을 억제할 수 없었다. 그리고 참을 수 없게 된 그는 감동적인 어조로 "참 아름답군요!"라고 말했다.

우리는 살아가면서 종종 감동을 받는다. 감동은 기쁨이자 흥분된 감정의 꿈틀거림이다. 감동이란 아름다움을 접했을 때, 새로운 것을 만나거나 깨달음을 얻었을 때 순간적으로 용솟음치는 감정의 진동이다. 진한 감동은 소름 돋음과 환희, 진정한 카타르시스를 동반한다. 칸트는 대자연 앞에서 느끼는 엄숙하고 진한 감동의 미적 체험을 숭고라고 했다. 그렇지만 감동을 느끼기 위해 꼭 대자연의 웅장함을 체험할 필요는 없다. 정도의 차이는 있겠지만 일상의 소소함 속에서도 얼마든지 감동이 생겨난다. 누군가 예기치 않은 친절을 베풀었을 때, 우연한 만남에서 깊은 인상을 받았을 때, 길가에서 아름다운 선율을 들었을 때, 봄기운에 새싹이 돋았을 때 감동이 일어난다. 감동을 받게 되면 감탄사를 연발하고 목이 메고 가슴이 벅차오른다. 어린 왕자도 아침 햇살을 받으며 막 태어난 꽃을 보며 벅차오르는 감동을 느낀다. 그리하여 "참 아름답군요!"하고 말하지 않고는 견딜 수 없었던 것이다.

일상에서 감동을 자주 경험하는 사람은 행복한 사람이다. 감동은 누구(무엇으)로부터 생겨나기 이전에 감동받을 준비가 필요하다. 아름다운 해오름을 앞에 두고도 다른 일에 정신이 팔려 있는 사람은 감동받을 자격이 없다. 가을에 떨어지는 한 잎의 낙엽에도 감동을 받는다면 그는 참으로 행복한 사람이다. 감동은 준비된 사람에게만 일어난다. 반복되는 일상에서 감동을 느낄 수 있다면, 말 한마디에 감동하거나 차 한 잔에 감동할 수 있다면, 아침에 눈을 떴을 때 갑자기 피어있는 꽃 한 송이를 보고 감동할 수 있다면 그는 행복한 사람이다. 감동은 무엇에 대한 반응이지만 그 무엇보다도 반응을 보일 준비가 되어 있는가가 더욱 중요하다. 이런 의미에서 한 송이 꽃에 진한 감동을 느낀 어린 왕자는 감동받을 준비가 되어 있는 존재라고 하겠다. 어린 왕자가 아름다운 것은 이런 까닭이다.

겸손과 교만

어린 왕자가 "참 아름답군요!"라고 했을 때 꽃의 대답이 재미있다. 꽃은 살며시 대답한다. "그렇죠? 난 해와 함께 태어났어요……" 그러자 어린 왕자는 꽃이 그다지 겸손하지 않다고 생각한다. 교만하다고 느낀 것이다. 겸손과 교만은 동전의 앞뒷면과 같다. 겸손이 모자라면 교만이 되고 교만한 마음을 내려놓으면 겸손이 된다. 겸손하기는 어려우나 교만하기는 쉽다. 상대방에게서 칭찬을 들었을 때 곧이곧대로 받아들이고 "그렇죠?"하는 것은 교만일 수 있다. 그렇다고 "천만에요. 무슨 말씀을!"하며 강하게 부인하는 것도 교만 쪽에 가깝다. 받아들이는 것도 받아들이지 않는 것도 교만이라면 겸손이란 무엇일까. 칭찬을 했을 때 이도저도 아닌 상태에서 "감사합니다"하고 말하면 되는 것일까? 진정한 겸손이란 참으로 어렵다. 겸손은 처음부터 가지고 태어난 것이기 보다 평소 마음의 갈고 닦음에서 생겨난다. 겸손은 마음으로부터 우러나오는 태도다. 겸손은 상황에 따라 변하지 않는다. 겸손한 체 하는 사람은 상황이 변하면 교만이라는 본래의 모습이 튀어나온다. 겸손한 사람은 자기 존중감이 높은 사람이다. 그는 자신을 남과 비교하지 않으며 비굴하지 않다. 지나친 겸손은 없다. 하지만 자기 존중감이 약한 사람은 겸손이 자칫 비굴함이 될 수 있다. 겸손은 누구 앞에서나 당당한 사람이 가지는 미덕이다. 겸손한 사람은 생명에 대해 경외심을 갖고 있으며 항상 배우려는 자세를 지니고 있고 인내심이 많으며 생각이 깊어 타인을 진실한 마음으로 사랑할 줄 안다. 아이와 같은 맑고 순수한 영혼을 지닌 사람은 겸손한 사람이다. 자신을 먼저 생각하고 자신이 우월하다고 생각하여 타인을 무시하는 마음이 있다면 그는 교만한 사람이다. 또 남과 비교하면서 열등감을 느끼고 자신을 낮추는 사람은 비굴한 사람이다. 지식인이 배운 적이 없는 촌로에게서 큰 깨달음을 얻는다면 그는 겸손한 사람이다. 부자가 가난뱅이로부터 삶의 지혜를 얻는다면 그 역시 겸손한 사람이다. 어린 왕자처럼 막 피어난 꽃 한 송이에 감탄할 줄 아는 사람도 겸손한 사람이라고 하겠다.

저울추처럼 양면에 존재하는 겸손과 교만은 타인과의 관계에서 생겨난다. 어린 왕자가 꽃의 언행에서 겸손하지 않다고 느낀 것은 칭찬을 덥석 인정한 까닭이기보다 꽃이 보여준 태도에 있었다. 꽃은 정성껏 단장하고 아침 햇살을 받으며 아름답게 태어났지만 자신의 아름다움을 과신한 나머지 상대방을 배려할 줄 몰랐다. 상대방에게 겸손하지 않다는 인상을 주었으므로 꽃과 어린 왕자의 만남은 처음부터 삐걱거리게 된다. 어린 왕자와 꽃은 서로에게 깊은 관심을 가졌음에도 상처를 주는 관계로 빠져들고 만다.

★
허영심

꽃은 "까다로운 허영심"으로 이것저것을 요구하며 어린 왕자를 괴롭힌다. 꽃은 "아침 식사를 할 시간이군요. 제 생각을 해 줄 수 있나요." "호랑이는 전혀 무섭지 않지만 바람은 질색이에요. 바람막이 있어요?" "저녁에는 유리덮개를 씌어 주세요." 등 요구가 많다. 살다보면 누군가에게 요구할 일이 종종 생겨난다. 또 요구를 받기도 한다. 그러나 일방적으로 요구를 하거나 요구 받기만 하는 것은 썩 좋은 일이 아니다. 요구하기와 요구받기가 적절하게 균형을 이루어야 한다. 균형 잡힌 요구는 부탁의 성격이 있다. 불편하지 않은 요구, 일방적이지 않은 요구, 권리처럼 행하지 않는 요구는 부탁이 된다. 부탁과 요구는 두 사람의 관계에서도 차이가 있다. 아랫사람은 윗사람에게 부탁을 하지 요구를 하지 않는다. 그러나 윗사람은 아랫사람에게 부탁이 아닌 요구를 하게 된다. 사랑하는 사람 사이에 균형이 잡혀 있으면 요구가 아닌 부탁이 된다. 그러나 사랑의 추가 한 쪽으로 기울면 그 때는 요구가 되는 것이다. 요구가 일방적이 되면 둘 사이의 관계에 문제가 생겨난다. 주는 것이 있으면 받는 것이 있어야 하듯 요구는 한 만큼 들어주어야 한다. 하지만 꽃은 일방적으로 요구를 해댄다. 어린 왕자는 당황하지만 겉으로 내색하지 않고 꽃의 요구를 들어 준다. 꽃의 지나친 요구는 허영심의 산물이다. 누군가로부터 아낌없는 사랑을 받는다고 생각하면 허영심에 휩싸이기 쉽다.

"꽃은 태어나자마자 까다로운 허영심으로 어린 왕자를 괴롭혔다."

사전에서 허영심은 "자신의 분수에 어울리지 않는 필요 이상의 겉치레나 외관상의 화려함에 들뜬 마음"이라고 정의되어 있다. 남에게 잘 보이고 싶은 본능적 욕망이 지나치면 자기 능력을 벗어난 필요 이상의 겉치레를 하게 되는데 이 때 바탕이 되는 것이 허영심이다. 허영심에는 돋보이고자 하는 비교 심리가 작용하고 있다.

이솝 우화에 〈허영심 많은 까마귀〉가 있다. 자신의 검은 색 깃털에 만족하지 못한 허영심 많은 까마귀가 공작새가 떨어트린 깃털을 자기 털에 꽂는다. 그는 다른 까마귀들을 얕잡아 보면서 공작새 무리를 찾아 간다. 공작새들은 이상하게 치장한 까마귀를 금방 알아채고 주둥이로 쪼아 공작새의 깃털을 뽑아내고는 쫓아버린다. 상처를 입은 까마귀는 다시 까마귀들 틈에 끼려고 하지만 자신들을 얕잡아 본 것을 기억하는 까마귀들이 호통을 쳐 쫓아낸다. 이를 지켜보던 한 까마귀가 이렇게 말한다. "참 어리석은 까마귀구나. 자연이 만들어 준 그대로 만족했다면 친구들의 박대와 경멸을 받지 않았을 텐데."

이 우화는 허영심은 겉모습의 돋보임과 관계가 있다는 것을 보여준다. 까마귀가 본래의 외모에 만족하지 못하고 자기 깃털이 아닌 공작새 깃털을 탐냈던 것은 허영심 탓이다. 〈어린 왕자〉에서 꽃이 공들여 치장을 한 것 자체를 허영심이라고 보기는 어렵다. 하지만 치장을 한 다음 지나친 요구로 자신을 돋보이려 했다면 이것은 허영심이 된다. 꽃이 가시 네 개가 있다는 것을 자랑 삼아 호랑이가 와도 무섭지 않다고 말한 것도 허영심에서 비롯된 것이다.

궁극적으로 허영심은 자존심을 세우기 위한 방어적 심리다. 프로이트에 따르면 인간은 누구나 허영심을 갖고 있으며 허영심은 자존심을 지키기 위한 방어적 심리다. 체면을 잃지 않기 위해, 체면을 세우기 위해 허영심을 표출한다는 것이다. 그런데 어린 왕자는 꽃의 허영심을 너그럽게 봐주지 못하고 그만 꽃의 자존심을 건들이고 만다. 꽃이 자존심을 세우기 위해 나름대로 허영심을 내세웠지만 결과는 원하지 않았던 방향으로 흘러간다. 꽃이 풀로 전락해 버리는 순간 꽃은 상처를 입는다. 꽃은 자존심을 회복할 수 있는 전략으로 서둘러 새로운 주제로 옮아간다.

"호랑이는 전혀 무섭지 않지만 바람은 질색이에요. 바람막이 있어요?"

그런데 바람막이라는 이 즉흥적인 전략은 논리적 오류를 범하고 만다. 꽃과 호랑이는 전혀 어울리지 않지만 꽃과 바람은 잘 어울리는 관계다. 꽃을 간질이고 속삭이는 바람은 꽃의 친구다. 그런데도 바람이 질색이라고 말함으로써 꽃은 상처 입은 허영심을 서둘러 봉합하려고 한다.

'바람이 질색이라고…… 식물한테는 안 된 일이네. 이 꽃은 아주 까다로운 식물이야……' 하고 어린 왕자는 생각했다.

허영심으로 치장한 것을 들키지 않기 위해 시작한 거짓말은 꼬리에 꼬리를 문다. 호랑이가 무섭지 않다고 했다가 바람이 질색이라고 했다가 또 이번에는 춥다는 핑계로 유리덮개를 씌워 달라고 요구한다.

"저녁에는 유리덮개를 씌어 줘요. 이곳은 매우 추워요. 잘못 왔나 봐요. 내가 살던 곳은……" 꽃은 말을 멈췄다. 그 꽃은 씨앗의 형태로 온 것이다. 다른 세상은 전혀 알 수가 없었다. 순진한 거짓말을 하려다 들킨 게 부끄러워진 꽃은 어린 왕자에게 잘못을 뒤집어씌우기 위해 기침을 두어 번 했다.

"바람막이가 있냐고 했잖아요?……"

★
양심의 가책

　꽃은 이곳은 춥기 때문에 바람막이기 필요하다고 요구한다. 차가운 바람을 맞아 기침을 하게 되었다는 것이다.

　어린 왕자에게 가책을 느끼게 하려고 꽃은 더 심하게 기침을 해댔다.

꽃은 심하게 기침을 해댄다. 어린 왕자가 서둘러 바람막이를 가져오지 않았기 때문에 이런 상태가 되었다는 무언의 항의인 것이다. 어린 왕자에게 책임을 전가함으로써 그가 가책을 느끼도록 한다. 가책이란 무엇인가? 가책은 양심에서 비롯된다. 잘못이 자신에게 있다고 인정할 때 양심의 가책이 생겨난다.

니체는 양심의 가책을 밖으로 발산되지 못한 동물적 공격성이 자폐적 성향을 지니게 되면서 변질된 병적인 것이라고 했다. 부끄러움과 마찬가지로 양심의 가책이 지나치면 정신적인 문제가 생기는 것은 사실이다. 자폐적 성향을 지닌 순수한 사람일수록 조그만 일에도 심하게 가책을 느끼는 것은 이런 까닭이다. 니체는 양심의 가책이 수렵에서 농경으로 전환되는 과정에서 발생한 것이라고 말한다. 수렵생활을 영위하기 위해 필요했던 동물적이고 야만적인 공격성이 농경생활로 정착되면서 점차 내면화 되었다는 것이다. 폭력적인 공격성이 잠재화되고 내적인 본능으로 변하게 됨에 따라 양심이라는 것이 생겨났다는 것이다. 그렇다면 양심의 가책이란 스스로를 억제하는 것으로 자신에게로 향하는 공격성이라고 하겠다.

하지만 꽃이 기침을 심하게 해대자 어린 왕자는 양심의 가책을 느끼기 보다는 오히려 꽃을 의심하게 된다. 이 때의 어린 왕자는 아직은 겉모습을 중시하는 시기다. 향기보다는 가시를, 속마음보다는 겉모습을, 보이지 않는 것보다는 보이는 것을 더 중시했던 것이다. 꽃에 대한 관심이 많았음에도 아직은 내면을 들여다 볼 마음의 준비가 되지 않은 상태다. 어린 왕자는 "사랑에서 우러나온 호의를 가지고 있었음에도 꽃을 의심하게 된다." 가책을 유발하려던 꽃은 실패하고 만다.

✻
의심

어린 왕자는 분명 사랑스런 감정이 있었음에도 꽃을 의심하기 시작한다. 사랑이 아무리 지고하더라도 한계는 있다. 요구나 거짓말, 허영심이 지나치면 어느 순간부터 의심이 싹 틀 수밖에 없다. 인간은 일단 의심을 품기 시작하면 그 끝을 종잡을 수 없다. 셰익스피어 비극 〈오셀로〉에서 데스데모나의 청순한 모습에 반해 사랑에 빠졌던 오셀로 장군이지만, 이아고의 꼬임에 빠져 의심이 생겨나자 걷잡을 수 없는 파국으로 치닫고 만다. 맑고 투명한 사람은 거짓 속임수에 빠져들지 않는다. 헛된 욕심을 부리지 않는 사람은 사기꾼에게 걸려들지 않는다. 그러나 전쟁터에서 용맹했던 오셀로는 사랑의 터전에서는 햇병아리에 불과했다. 의심의 덫에 걸리자 그는 눈이 멀어버린다. 질투심이 치솟자 판단 능력이 사라져 버린다. 오셀로의 비극은 인간의 의심이 얼마나 강력한 것인가를 단적으로 보여준다.

　　인간은 의심의 동물이다. 옛날에 한 랍비가 있었다. 그는 신께 제물을 바치기 위해 어리고 깨끗한 양 한 마리를 어깨에 메고 길을 걷고 있었다. 심술궂은 세 사람이 랍비로부터 양을 빼앗기로 작당을 한다. 첫 번째 사람이 랍비에게 다가가서 말한다. "랍비여, 신에게 어리고 깨끗한 양을 바쳐야지 더러운 개를 바쳐서야 되겠습니까?" 랍비는 어이가 없어 대꾸를 한다. "미쳤군, 이게 어디 더러운 개란 말이요?" 랍비가 아무 일도 없다는 듯이 길을 재촉하자 두 번째 사람이 다가가서 말한다. "랍비여, 신에게 어리고 깨끗한 양을 바쳐야지 더러운 개를 바쳐서야 되겠습니까?" 그러자 랍비가 대답한다. "뭐요? 이게 개로 보인단 말이요?" "그럼 개지 뭡니까?" 랍비는 고개를 갸우뚱거리며 살짝 의심을 품기 시작한다. 잠시 후 세 번째 사람이 다가와서 말한다. "랍비여, 신에게 어리고 깨끗한 양을 바쳐야지 더러운 개를 바쳐서야 되겠습니까?" 그러자 랍비는 어깨에 멨던 양을 내려놓고 자세히 살펴보았다. 그러자 지금까지 어깨에 메고 있던 짐승이 틀림없이 더러운 개로 보였다. 랍비는 더러운 개를 길바닥에 버렸고 세 사람은 어리고 깨끗한 양을 들고 줄행랑을 쳤다.

어린 왕자가 별을 떠나게 된 최초의 원인 제공은 바로 의심이다. 의심을 품기 시작한 어린 왕자는 꽃이 한 대수롭지 않은 말들을 심각하게 받아들이기 시작했고 불행을 느끼게 된다. 그리하여 어린 왕자는 꽃을 떠나야겠다고 결심했던 것이다.

★ 후회

우리는 누구나 후회를 한다. "그 때 그렇게 하지 말 것을", "그런 말을 했으면 안 되는데" 하면서 후회한다. 후회는 양심의 가책의 결과이기도 하다. 그런데 후회가 긍정적 발전의 계기가 된다고 보는 심리학자가 있다. 미국 일리노이 대학교의 사회심리학자 닐 로즈 교수는 『If의 심리학』(If Only: How to turn regret into Opportunity)에서 후회는 좋고 유익한 것이니 겁내지 말고 즐기라고 조언한다. 후회는 자신을 알아가는 과정으로 자신을 변화시켜 더 나은 자신이 되도록 한다는 것이다. 조금만 더 잘할걸. 미리 준비를 해둘 걸 등의 후회는 그런 생각 자체가 생산적이고 창의적이라는 것이다. 하긴 지나간 과거를 백 퍼센트 만족하는 사람은 없을 것이고 그럼에도 후회할 줄 모른다면 좀 더 나은 미래를 보장받기는 힘들 것이다. 후회를 하면서 마음을 가다듬을 때 그런 일이 또 다시 닥치더라도 같은 실수를 범하지 않을 것이다. 후회가 지나쳐 화병이나 우울증에만 걸리지만 않는다면 후회는 긍정적 심리임이 분명하다. 그러나 후회의 순간은 가슴이 아프고 불행하다는 느낌을 준다. 과거의 결과인 현재가 불만스러울 때 과거를 후회하는 그 마음이 얼마나 아프겠는가.

여행을 통해 성숙해진 어린 왕자가 자신의 별에서 장미꽃과 있었던 일에 대해 후회를 한다. 어린 왕자는 몹시 상심하여 비행사에게 마음을 털어 놓는다.

"그때는 아무 것도 이해할 줄 몰랐어. 말이 아닌 행동을 보고 판단했어야 했는데. 꽃은 나에게 향기를 풍기고 나를 밝게 해 주었어. 도망치지 말았어야 했는데! 그 어줍은 꾀 뒤에 애정이 있다는 걸 알아차렸어야 했는데. 꽃들은 정말 모순적이야! 하지만 난 꽃을 사랑할 줄 알기엔 너무 어렸어."

어린 왕자의 상심어린 후회는 지나치게 꽃의 말에 초점을 맞췄다는 것이다. 어린 왕자는 꽃의 외적인 말에 현혹되어 의심을 했다는 것을 후회하고 있다. 꽃의 말이 아닌 속마음을 볼 줄 알아야 했지만 그렇게 하지 못했다는 자책인 것이다. 꽃은 마음에도 없는 말을 해냄으로써 어린 왕자의 의심을 샀고 마음에 상처를 입혔다. 그러나 말과는 달리 꽃은 별을 아름답게 했고 진한 향기로 뒤덮었던 것이다.

　어린 왕자의 후회스런 감정은 험난한 여행을 통해 겉모습이 아닌 마음을 바라볼 줄 아는 아이로 성장하는데 큰 힘이 될 것이다. 로즈가 주장한 대로 후회는 앞으로의 실수를 줄이는데 유용하다. 어린 왕자가 별로 귀환하여 꽃과 재회하게 되었을 때는 과거의 그가 아닐 것이다. 보이지 않는 것이 더 중요하다는 것을 알게 되었다면, 어린 왕자에게 있어 후회와 떠남은 성장을 위한 일종의 성장통일 것이다.

★ 대수롭지 않은 말을 심각하게 받아들이기

　이제 우리는 겉보다 속이 더 중요하다는 말을 십분 이해한다. 겉으로 표현하는 것을 그대로 받아들이기 보다는 속뜻을 알아차려야 한다. 우리는 종종 마음은 그렇지 않은데 말과 행동을 다르게 한다. 작은 일에도 상처 받고, 아무렇지도 않은 말이 가슴에 오래 남기도 한다. 저마다 처해 있는 상황과 독특한 성격과 개인 고유의 관심사가 다르기 때문에 어떤 사람에게는 대수롭지 않은 말이 다른 사람에게는 상처가 된다. 겉 다르고 속 다르게 말과 행동을 하거나 상처의 종류도 다양한 것을 보면 인간의 심리는 천 길 물속보다도 이해하기가 어려운 것 같다.

어린 왕자는 꽃의 허영심에 의해 상처를 받는다. 그 역시 여린 꽃과 크게 다를 바 없다. 그래서 어린 왕자는 꽃이 아무렇게나 한 말들을 심각하게 받아들이고는 몹시 불행해진다. 받아들이는 입장에서는 그냥 한 귀로 흘릴 수 있는 것을 심각하게 생각하는 수가 있다. 만일 어린 왕자가 꽃의 말에 개의치 않고 귀엽다고 느꼈다면 별을 떠나는 일은 없었을 것이다. 하지만 꽃의 말과 행동 하나하나에 주목했고 그 결과 꽃의 마음을 읽지 못했다. 보통은 누군가와 이야기할 때 상대방의 말에 귀를 기울이라고 충고한다. 그것이 상대방을 존중하는 것이며 그래야 진정한 대화가 가능하다고 한다. 그런데 어린 왕자는 거꾸로 말한다.

"꽃이 하는 말에 귀를 기울이지 말아야 했어. 꽃들의 말엔 절대로 귀를 기울이면 안 되는 법이야."

어린 왕자의 말은 상대방이 하는 말을 경시하라는 뜻이 아니다. 속마음이 아닌 겉으로의 표현에 속지마라는 것이다. 그의 말에 귀를 기울이되 말 뒤에 숨어있는 행간을 읽으라는 것이다. 긴긴 여행 후 꽃의 진심을 알게 된 어린 왕자는 이렇게 말한다.

"바라보고 향기를 맡기만 해야 해. 내 꽃은 내 별을 향기로 뒤덮었어. 그런데도 나는 그것을 즐길 줄 몰랐어."

아름다운 모습과 향기를 발할 때 꽃은 꽃으로서 가치가 있다. 꽃이 하는 말에 귀를 기울이는 대신에 향기를 맡을 줄 알아야 한다. 인간관계도 마찬가지다. 그가 하는 말보다 그의 행동, 습관, 생각, 마음을 볼 수 있어야 한다. 하지만 우리는 어린 왕자처럼 말에 현혹되는 경우가 많다. 그래서 인간을 후회하는 존재라고 하는지도 모르겠다.

9
떠남과 이별(작별)

〈어린 왕자〉의 맨 첫 장에 어린 왕자가 별을 뒤로 하고 새 떼에 매달려 하늘을 나는 그림이 있다. 그리고 그림 아래에 "어린 왕자가 탈출하기 위해 철새들이 이동하는 것을 이용한 것이 분명하다"는 화자의 추측이 적혀 있다. 여기서 '탈출(évasion)'이라는 말을 주목할 필요가 있다. 도피나 회피의 뜻을 포함하고 있는 이 단어를 염두에 둘 때 어린 왕자가 자신의 별을 떠난 것은 도피의 의미를 지니게 된다. 그가 떠날 것을 결심한 가장 큰 이유는 꽃과의 관계에서 문제가 있었기 때문이다.

별을 떠난 것은 꽃과 헤어지기 위해서다. 꽃으로부터 도피하기 위해서다. 떠남의 이유가 사랑이든 책임이든 도피든, 어쨌거나 이별은 슬픈 일이다. 대체로 우리는 만남에 비해 떠남에 미숙하다. 그런데 어린 왕자는 삶에서 경험할 수밖에 없는 헤어짐이 얼마나 중요한 가를, 어떻게 떠나야 하는가를 모범적으로 보여준다.

떠난다는 것은 일단 공간적으로 분리된다는 의미가 있다. 그런데 행동주의 상담에서는 시간적 간격을 의미하기도 한다. 이를테면 갈등 해결 방법으로 타임아웃(Time Out)이 있다. 한번 솟구치기 시작하면 걷잡을 수 없는 것이 감정이다. 솟구친 감정은 골인 지점을 향해 달려가는 마라토너처럼 멈출 줄 모른다. 감정이 앞서기 시작하면 이성적 사고가 개입할 여지는 거의 사라진다. 달려가는 감정을 멈추게끔 하는 유일한 브레이크는 시간이다. 갈등에 휩싸인 두 사람이 날카로운 감정적 대립을 일으킬 때 이를 해결할 수 있는 방법으로 유용한 것은 잠깐 멈추는 것이다. 운동 경기 중 선수가 동요하고 있을 때 작전타임과 같이 잠깐의 멈춤은 감정을 추스르는데 상당히 효과적이다. 갈등해결 방법으로 끝장 토론처럼 서로의 의견을 끝까지 개진하는 방법과 잠깐 시간의 간격을 두는 방법이 있다. 그런데 어린 왕자와 꽃이 갈등을 일으켰을 때 어린 왕자는 후자를 선택한다. 그의 떠남은 영영 이별을 뜻하는 작별이기보다는 일종의 타임 아웃이다. 훗날 어린 왕자가 꽃의 소중함을 새삼 깨닫고 자기 별로 귀환하는 것은 이 공간적인 헤어짐 덕택일 수 있다.

정리

어린 왕자는 떠나기 전 별을 정성스럽게 청소한다. 자신이 살던 곳을 깨끗하게 정리하는 것은 떠나는 사람이 해야 할 일이다. 자신의 흔적을 지저분하게 남겨 놓고 떠나는 것은 남아있는 사람에 대해 배려가 아니다. 영화 〈시〉에는 이런 대사가 있다. "동물도 떠날 때는 흔적을 남기지 않는다."

"떠나는 날 아침 그는 별을 잘 정돈했다. 활화산들을 정성스럽게 청소했다. 어린 왕자는 활화산이 두 개 있었다. 그것은 아침 식사를 데우는데 아주 편리했다. 사화산도 하나 있었다. 그러나 그의 말처럼 "어떻게 될지는 알 수 없는 일이었다." 그래서 사화산도 잘 청소를 했다.

그렇다. 가스레인지 역할을 하던 중 멈춰버린 이 사화산이 언제 어떻게 될지는 아무도 모른다. 미래를 예측할 수 없는 것이 인생이 아니던가. 화산 청소를 마친 어린 왕자는 "좀 우울한 생각으로 막 돋아난 바오밥나무의 싹들도 뽑아냈다. 다시는 돌아오지 못할 것이라는 생각이 들었다."

어린 왕자는 정들었던 별(집)과 꽃을 떠나는 것이 너무나 슬프다. 더구나 다시는 돌아오지 못할 것이라는 생각에 가슴이 미어진다. 듬뿍 정들었던 곳, 매일매일 일상을 맞이했던 곳, 수시로 석양을 바라보던 곳, 그래서 습관적으로 대했던 곳, 사랑하는 꽃이 있는 이곳을 다시는 되돌아올 수 없다고 생각하는 순간 갑자기 별은 새로운 장소, 낯선 곳, 유난히 다정한 장소가 되어 버린다.

"친숙한 이 모든 일들이 그 날 아침에는 유난히 다정하게 느껴졌다."

아무런 생각 없이 습관적으로 매일 하던 일이 마지막이라면 갑자기 중대한 의미가 생겨난다. 화산을 청소하고 풀을 뽑던 일상의 일들을 더 이상 할 수 없다면 그 일들이 소중하게 느껴진다. 마지막을 의미하는 헤어짐이 일상을 새롭게 조명한다는 것은 매우 재미있다. 비록 헤어짐이 슬픈 것이지만 습관적인 일들이 유난히 소중하고 다정하게 느껴진다면 이따금 헤어짐을 실천해 볼 필요가 있겠다. 일상과 헤어지는 여행이 필요한 것도 이런 이유일 것이다. 다만 헤어짐은 다정한 감정을 바탕으로 실천되어야 한다. 사표 쓴 종이로 비행기를 만들어 날리듯 쾌재를 부르는 헤어짐은 관계 맺기에서 실패한 헤어짐이다. 헤어질 때는 시원함이 아니라 진한 아쉬움이 남아야 한다. 속 시원한 헤어짐이 아닌 아쉬운 헤어짐, 이것이 성공한 삶이다. 어린 왕자가 작별 인사를 하자 꽃이 말한다.

"내가 어리석었어. 용서해줘. 부디 행복하길 바래."

그리고는 어린 왕자를 좋아하는 자신의 본심을 밝힌다.

"그럼. 난 널 좋아해. 넌 그걸 전혀 몰랐지. 내 잘못이야. 아무래도 좋아. 하지만 너도 나처럼 어리석었어. 부디 행복해……"

헤어질 때 서로가 진실한 모습을 보일 수 있다면, 사과할 것은 사과하고 오해를 풀고 서로가 행복해지기를 바란다면 이것이야말로 가슴에 따스함을 남기는 최고의 헤어짐이다. 진심을 말하고 나자 후련해진 꽃은 더 이상 허영심을 보일 필요가 없어졌다.

"유리덮개는 내 버려둬. 더는 필요 없어."

"하지만 바람이……"

"그렇게 심한 감기는 아냐…… 서늘한 밤공기는 좋을 거야. 나는 꽃이니까."

"하지만 곤충들이……"

"나비를 알고 싶으면 두세 마리 벌레쯤은 견뎌야지. 나비는 정말 아름답잖아. 나비가 아니라면 누가 나를 찾아 주겠어?"

페르소나를 걷어내고 맨 얼굴을 드러낸 꽃은 직면하는 태도로 담담하게 말한다. 그 동안 어린 왕자의 관심을 끌기 위해 했던 여러 말들, 호랑이, 가시, 유리덮개, 바람, 공기, 곤충들이 진심이 아니었음을 고백한다. 오히려 아름다운 나비를 알고 싶다면 벌레 정도는 견뎌야 한다는 사실, 고통을 극복했을 때 행복해질 수 있다는 사실을 전한다. 이렇게 말하는 꽃의 모습에서 어린 왕자는 그 어느 때보다도 감동적인 아름다움을 보았을 것이다.

앞서 말했던 것처럼, 어린 왕자의 떠남이 정말로 도피적 성향을 지닌 것일까. 가면을 벗어버리고 진실한 모습으로 꽃과 작별하는 장면을 볼 때 그것이 도피라고 보기는 어렵다. 꽃과 진심을 주고받을 수 있는 계기가 된 어린 왕자의 떠남은 도피가 아니다. 그의 떠남은 새로움과 발전 가능성을 위한 도약이다. 어린 왕자는 가까이에 있는 여섯 개의 소혹성을 생각하고는 "일자리도 구하고 견문도 넓힐 생각으로 그 별들부터 찾아보기로 했다." 비록 어린 왕자의 떠남이 꽃과 헤어지는 것이긴 하나 그는 새로운 경험이나 기회로 생각했던 것이다. 사실 떠난다는 것은 익숙한 것에서 낯선 곳으로의 이동을 뜻한다. 그만큼 위험하고 고독할 수 있다. 그럼에도 우리는 때때로 어린 왕자처럼 어디론가 떠나려고 하고 떠날 것을 권고 받는다. 도피가 아닌 의미가 있는 떠남은 성장을 위한 동력이 되기 때문이다.

떠남이 꼭 공간적 헤어짐을 의미하는 것은 아니다. 부모와 자식 간에 정신적 독립도 일종의 떠남이다. 성장한 자식이 더 큰 세상을 만나기 위해서는 부모라는 둥지를 떠나야 한다. 바람막이였던 부모의 품에서 떠나면 춥고 외롭고 쓸쓸하다. 그러나 그런 떠남 없이는 미래도 도약도 없다. 결론적인 이야기이지만 어린 왕자는 꽃을 떠남으로 해서 그 꽃이 얼마나 소중한가를 깨닫는다. 어린 왕자의 떠남, 여섯 개의 소행성 그리고 지구로의 여행은 꽃의 소중함을 알게 된 깨달음의 여행이었던 것이다.

10
권력

자신의 별을 떠난 어린 왕자는 지구에 도착하기 전 소행성들을 여행한다. 어린 왕자의 별 주위에는 소혹성 325호, 326호, 327호, 328호, 329호, 330호가 있다. 그는 이 별들을 차례차례 방문한다.

첫 번째 별에는 왕이 살고 있었다. 그 왕은 자주색 천과 흰 담비 모피로 된 옷을 입고 소박하면서도 위엄 있는 옥좌에 앉아 있었다.

자주색 천, 흰 담비 모피, 위엄 있는 옥좌는 왕의 권력을 상징적으로 보여준다. 전통적으로 자주색은 황제 또는 추기경과 같은 고위 성직자가 착용해 온 색이다. 담비의 모피 역시 아무나 입을 수 있는 귀한 동물가족이다. 이러한 의상을 착용하고 옥좌에 엄숙하게 앉아 있는 왕은 최고의 권력, 명예, 부를 상징하는 인물이다.

　어린 왕자를 보자 왕은 신하가 왔다면서 무척이나 반긴다. 왕을 한 번
도 본 적도 없는 어린 왕자는 어떻게 자신을 알아보는지 의아해 한다. 하
지만 왕에게 세상은 간단하다. 세상 사람들 모두를 자신의 신하로 보는
것이다. 명하는 사람은 왕이고 이를 받들어 수행하는 사람은 신하다. 왕
이 어린 왕자를 반긴 것은 명을 받들 신하가 생겼기 때문이다. 그런데 어
린 왕자에 대한 왕의 명령이 아주 흥미롭다. 예를 들면 피곤한 어린 왕자
가 하품을 하자 왕은 하품을 금한다.

　"왕 앞에서 하품하는 것은 예절에 어긋나는 일이다.
하품을 금한다." 왕이 말했다.
　"하품을 참을 수가 없어요. 긴 여행을 하느라 잠을
자지 못했거든요……" 어린 왕자가 당황해서 말했
다.
　"그렇다면 하품을 하도록 명령하겠다. 하
품하는 걸 본지 여러 해가 되었다. 하품하
는 모습이 신기하구나. 자! 또 하품을 하
여라. 명령이다."
　"겁이 나서…… 하품이 나오지 않습니

다……" 어린 왕자가 얼굴을 붉히며 말했다.

"흠! 흠! 그렇다면 짐이…… 명하노니 어떤 때는 하품을 하고 또 어떤 때는……" 왕이 대답했다.

왕은 최고의 권력을 상징이지만 이쯤 되면 그의 권위가 얼마나 허약한지 판명된다. 그러나 그 사실을 인정할 수 없는 왕은 손상된 권위를 보전하기 위해 자기 합리화를 꾀한다. 자신은 이성적인 왕인 만큼 이치에 맞는 명령만을 내린다는 것이다. 방어기제란 적당히 작동되었을 때 이로운 것이지 지나치면 정신적인 문제가 된다.

왕의 모든 통치 방식이 자기 합리화이다 보니 어린 왕자는 금방 심심해 진다. 어린 왕자가 별을 떠나려 하자 왕은 서둘러 그를 사법대신으로 임명한다. 사법대신은 지금으로 말하면 법무부 장관이다. 왕은 엄청난 직책을 제안하면서 어린 왕자가 별에 머물기를 유혹한다. 하지만 법이란 사람과 사람 사이에 문제가 생겼을 때 이를 해결하기 위한 것이다. 법은 공동체에서나 필요한 것이지 무인도에 혼자 살고 있는 사람에게는 아무런 소용이 없다. 왕의 작은 별에서 법이 무슨 소용이 있단 말인가. 어린 왕자는 이 별에는 심판할 자가 없다는 것을 지적하자 왕은 스스로를 심판하거나 별 어딘가에 살고 있을 늙은 쥐를 심판하라고 명한다.

"흠! 흠! 내 별 어딘가에 늙은 쥐 한 마리가 살고 있다. 밤이면 소리가 들린다. 그 늙은 쥐를 심판해라. 때때로 사형에 처해라. 쥐의 생명이 너의 판결에 따라 좌우될 것이다. 그러나 매번 특사를 내려 쥐를 아끼도록 해라. 딱 한 마리밖에 없으니까."

늙은 쥐를 언급하며 무의미한 판결을 종용하는 왕을 보며 어린 왕자는 이제는 떠나야겠다고 생각한다. 사실 왕은 쥐를 본 적이 없다. 소리만 들었을 뿐이다. 그 작은 별에서 한 번도 본적이 없다면 혹시 쥐 소리가 환청인 것은 아닐까. 권력에 집착하다보면 있지도 않는 것을 있다고 믿고, 진실이 아닌 것도 진실이라고 믿고 싶어질지 모른다. 쥐를 심판하되 매번 특사를 내려 죽여서는 안 된다고 매달리는 왕의 명령은 어딘지 모르게 허망하고 슬퍼 보인다.

그럼에도 어린 왕자는 늙은 왕을 섭섭하게 하고 싶지 않았기 때문에 떠나도록 명령을 내려달라고 부탁한다. 명령을 부탁한다는 발상이 재미있다. 마치 명령을 내리고 수행하는 놀이를 하는 것 같다.

"폐하의 명령이 정확하게 준수되길 원한다면 이치에 맞는 명령을 내려 주면 될 것 같은데요. 예를 들어 일 분 안에 떠나도록 명령을 내려 주세요. 그 조건들이 좋아 보입니다……"

늙은 왕의 별에서 어린 왕자는 어른들이 그토록 추구하는 권력이 실은 덧없다는 것을 간파한다. 권력은 혼자서는 무의미하고 타인의 존재로써만 세워질 수 있다. 아무리 커다란 권력을 쥐고 있는 왕이라도 국민이 없다면 그 힘이 무슨 소용이 있을까. 우리나라 헌법 제1조 2항에도 "대한민국의 주권은 국민에게 있고, 모든 권력은 국민으로부터 나온다"고 명시되어 있다. 권력은 힘이나 강요에 의해서는 절대로 생겨나지 않는다. 모범적인 웃어른을 존경하듯이 아래로부터 자발적으로 생겨나는 권력이야말로 진정한 의미의 권력인 것이다.

어린 왕자의 요구에 왕은 아무런 반응을 보이지 않았다. 어린 왕자가 머뭇거리다 한숨을 쉬고는 길을 떠나려 하자 왕은 위엄 있는 태도로 황급히 외쳤다.

"너를 대사로 임명한다."

등 뒤로 왕의 명령을 들으며 어린 왕자는 중얼거렸다.

'어른들은 참 이상해.'

우리는 권력의 문제를 각자에게 적용시킬 수 있다. 인간은 두 사람 이상이 모이면 서열을 만드는 특성이 있다. 걸어갈 때 나란히 걷는지 누가 앞서서 걷는지를 보면 그들 사이의 서열이 파악된다. 이러한 권력과 서열은 가족 내에서도 존재한다. 부부 사이에서 권력형 부부는 남편이든

아내든 어느 한쪽으로 힘이 기울어져 있어 건강한 부부가 되는데 방해 요인으로 작용한다.

그렇다면 혹시 우리도 권력적 성향을 강하게 지닌 채 살아가는 것은 아닐까? 이를테면 엄마가 자녀에게 명령하고 자녀는 무조건 복종하기를 바라지는 않는가. 직장 상사라고 해서 부하 직원에게 일방적으로 강요하지는 않는가. 교사라고 해서 학생에게 일방적으로 훈계하지는 않는가. 그들의 입장이 되어 본 적은 있는가.

어린이집이나 학교나 사회에서 배경이 든든한 사람과 그렇지 못한 사람은 은연 중 차별을 받는다. 한 예로 따돌림이나 폭력의 대상이 되는 아이들 중에는 신경을 써줄 든든한 부모가 없거나 소외된 아이가 많다는 연구가 있다. 반대로 부모가 사회적으로 힘이 있다고 한다면 교사나 친구들이 함부로 대하지 못한다. 아이의 배경이 일종의 권력으로 작용하는 탓이다. 아이들 사이에서도 이러한 권력 문제가 암암리에 작용하는 것을 보면 인간은 권력 지향의 욕망이 매우 강한 것은 틀림없다.

왕의 별에서 어린 왕자가 알려주고 싶어 하는 것은 일방적 수직관계, 권력적 관계는 바람직하지 않다는 것이다. 허무한 권력을 좇는 어른들은 어린 왕자의 눈에는 참으로 이상한 어른으로 보일 뿐이다.

11
허영심

어린 왕자가 만난 두 번째 별에는 허영심의 극치를 보여주는 허영장이 살고 있다. 8장에서 장미꽃의 허영심이 자존심에서 비롯된 것이라면 이 소행성에서 만난 허영장이는 칭찬에 눈이 어두운 사람이다. 그 역시 왕처럼 어린 왕자가 별에 도착하자 무척이나 반긴다. 허영장이도 왕처럼 세상은 단순하다. 타인이란 무조건 자기를 찬양해 주는 사람인 것이다. 그는 어린 왕자를 보자마자 "아! 아! 나를 찬양할 사람이 오네!" 하고 말한다.

이렇게 해서 허영장이와 어린 왕자 사이에 찬양 놀이가 시작된다. 어린 왕자가 손뼉을 치면 그는 모자를 벗고 점잖게 답례하는 식이다.

'왕을 방문할 때 보다 더 재밌네.' 어린 왕자는 생각했다.

그래서 그는 다시 마구 손뼉을 쳤다. 허영장이가 모자를 벗으며 다시 답례를 했다. 오 분쯤 지나자 어린 왕자는 놀이가 재미가 없어졌다.

어깨에서 해가 떠오르는 허영장이의 그림을 보면 역조명을 받고 있는 어릿광대의 모습이다. 허영장이는 막이 내리고 관객들의 박수갈채를 받으며 가슴깊이 희열을 느끼는 희극 배우를 닮았다. 베르그송도 『웃음』에서 허영이야말로 희극적 성격의 정수라고 말한다. 허영을 본성적이며 보편적인 감정으로 또는 사회적 산물로 생각한 베르그송은 인간에게 허영은 우스꽝스러운 결점이기 때문에 바로 웃음으로 허영을 치유할 수 있다고 보았다.

그런데 이러한 모습이 웃음을 주는 무대라면 문제될 것이 없지만, 일상을 박수갈채 속에서 살아가고자 한다면 현실과 허구를 구분하지 못하는 분열증 환자가 될 것이다. 파스칼은 『팡세』(Pensées)에서 허영심에 대해 이렇게 말한다.

"허영은 인간의 마음속에 깊이 뿌리박고 있으므로 군인도, 도제(徒弟)도, 요리사도, 짐꾼도 저마다 자만하면서 자기를 존경하는 사람들을 얻으려고 한다. 철학자들까지도 마찬가지이다. 심지어는 존경 따위는 염두에 두지 말아야 한다고 글을 쓰는 사람들까지도 자신의 글이 훌륭하다는 찬양을 받고 싶어 한다. 그리고 그 글을 읽는 사람들도 자기가 그것을 읽었다는 자부심을 갖고 싶어 한다. 어쩌면 지금 이 글을 쓰고 있는 나도 존경을 받고 싶어 할지 모른다. 또 지금 이 글을 읽고 있는 당신들도……"*

인간은 누구나 허영심이 있다. 어느 정도의 허영심이란 허영심이기보다 남의 이목에 신경을 쓰고 기왕이면 호감을 주고 싶어 하는 본능적인 욕구일 것이다. 칭찬 받기를 좋아하지 않는 사람은 없다. 그런데 칭찬받기의 욕망이 과하면 위선이 되고 관계 설정에도 어려움이 생겨난다.

꽃과 어린 왕자에서 보았듯이 허영심은 관계의 산물이다. 허영장이는 어린 왕자에게 자신을 찬양해달라고 부탁한다. 그러자 어린 왕자는 "하지만 이 별엔 아저씨 혼자밖에 없잖아!" 하고 말한다. 혼자서는 결코 채워질 수 없는 것이 허영심이다. 누군가의 시선을 의식하고 계속해서 칭찬받고 싶어 하는 것이 허영심인 것이다. 허영심은 비교를 통해서만 채워질 수 있다. 자기가 다른 사람보다 상대적 우위를 점하고 있다고 느낄 때 허영심은 채워진다. 그러나 상대가 자기보다 낫다는 생각이 들면 허영심은 열등의식으로 바뀌고 만다. 허영장이는 허영심을 채워주는 찬양에 대해 다음과 같이 정의한다.

"찬양한다는 건 내가 이 별에서 가장 미남이고 가장 옷을 잘 입고 가장 부자고 가장 똑똑하다고 인정해 주는 거야."

* 파스칼, 『팡세』, 정봉구 역, e-book, 올재, 2013, 113쪽.

허영심을 채워주는 찬양이란 잘 생겼고 옷을 잘 입어서 멋지고 부자며 똑똑하다고 인정하는 것이다. 예쁘다는 칭찬이나 공부를 잘한다는 칭찬도 찬양받고 싶은 욕망에서 나온 것이다. 찬양 받는 것을 싫어하는 사람은 없지만 특히 어른들은 찬양을 통해 비교적 우위를 점하고 싶어 한다. 그들이 아이들에게 공부를 열심히 하라고하거나 옷을 깨끗하게 입고 다니라고 잔소리하는 것은 다 이런 허영적인 성향 때문이다. 앞서 옷 때문에 어렵게 발견한 소행성을 인정받지 못한 적이 있는 터키의 천문학자가 딱 그런 경우라고 하겠다.

찬양에 대한 욕망, 허영심이 꼭 부정적이라고 할 수는 없겠지만, 그것이 지나치면 곤란하다. 찬양을 계속해서 받다보면 어느 때부턴가 웬만한 찬양에는 시큰둥하게 되고 더욱 더 강도가 센 찬양을 요구하게 된다. 허영심의 특징 중 하나는 결코 채워지지 않는다는 것이다. 채워졌다고 생각하지만 얼마 지나지 않아 다른 허영심이 발동한다. 또 허영심이 가득한 사람들은 칭찬만 들으려는 특징이 있다. 불편하게 하는 말, 직면시키는 말, 비난조의 말에는 고개를 돌린다. 듣고 싶은 것만 가려듣는 허영장이야말로 편협한 생각에 사로잡혀 있는 사람인 것이다.

"그런데 모자를 떨어지게 하려면 어떻게 해야 해?" 어린 왕자가 물었다.

그러나 허영장이는 그의 말을 알아듣지 못했다. 허영장이에게는 오로지 찬양의 말만 들리는 법이다.

허영장이는 어린 왕자에게 막무가내로 찬양할 것을 요구한다. 어린 왕자는 이러한 어른을 도저히 이해할 수가 없다.

"나를 기쁘게 해줘. 나를 찬양해줘."
"아저씨를 찬양해. 그런데 그게 아저씨에게 무슨 상관이야?" 어깨를 살짝 들썩하면서 어린 왕자가 말했다. 그리고 그는 별을 떠났다.
'어른들은 정말 이상해.' 어린 왕자는 여행을 하면서 생각했다.

어린 왕자가 만난 허영장이를 보면서 우리 각자에 대해 생각해 볼 수 있다. 과연 나의 허영심은 무엇일까? 나 역시 찬양받기를 지나치게 추구하는 것은 아닌가? 나의 삶의 방식이나 인간관계가 허영심에 근거하고 있는 것은 아닌가?

12
회피와 직면

세 번째 별에는 술꾼이 살고 있다. 술꾼을 만난 후 어린 왕자는 기분이 우울해졌다. 술꾼은 술 마시는 자기 모습을 회피하고 합리화하면서 계속 술을 마셔댔기 때문이다.

"뭐 해?"

술꾼 앞에는 빈병들과 술이 가득 찬 술병들이 한 무더기 놓여 있었다.

"술 마셔." 침울한 표정으로 술꾼이 대답했다.

"왜 마셔?" 어린 왕자가 물었다.

"잊기 위해서." 술꾼이 대답했다.

"뭘 잊어?" 측은한 생각이든 어린 왕자가 물었다.

"부끄럽다는 걸 잊기 위해서지." 머리를 숙이며 술꾼이 대답했다.

"뭐가 부끄러워?" 돕고 싶은 어린 왕자가 물었다.

"술 마시는 게 부끄러워!" 이렇게 말하고 술꾼은 침묵했다.

술꾼의 주변을 보면 "빈병들과 술로 가득 찬 술병들이 한 무더기"가 놓여 있다. 빈병은 이미 마신 것이고 가득 찬 병은 앞으로 마실 술이다. 그의 앞에 놓여있는 잔에도 술이 남아있어 현재에도 여전히 마시고 있는 중이다. 술꾼에게 있어 술 마시는 행위는 과거로부터 현재, 현재로부터 미래로 지속될 것이다. 앞으로 자신이 처한 상황을 직시하고 술을 끊겠다는 변화의 여지가 없다는 것은 참으로 측은한 모습이다. 변화란 삶의 활력소다. 우리 또한 변화의 의지를 가질 때 가슴이 벅차오름을 느낀다. 신년마다 운동을 시작하는 사람이 늘고 금연을 결심하는 사람이 느는 것

을 보면 분명 사람은 변화를 갈망하는 존재다. 변화를 향한 모습은 그 자체로 긍정적인 가능성을 보여준다. 그러나 불행히도 술꾼은 변화의 여지가 없어 보인다.

술을 마시는 것이 부끄러워 잊기 위해서다 …… 참으로 기발하지만 슬픈 발상이다. 술꾼은 술의 기운을 빌어 망각의 세계로 빠져 든다. 망각 속에 있을 땐 부끄러움도 함께 사라질 것이다. 그러나 시간이 지나면 망각의 늪에서 다시 현실로 솟구친다. 맨 정신이 되어 술에 찌든 자신의 모습을 보게 되었을 때 견딜 수 없을 것이다. 술을 마시는 것이 부끄럽다고 느끼지만, 이 부끄러움을 극복할 다른 방식을 찾지 못하고 술로 잊으려 한다. 자가당착에 빠져 악순환적 행동을 계속하는 한 술꾼은 술 마시기를 관둘 수 없을 것이다. 그래서 어린 왕자는 우울해진 것이다.

세상에는 엄청난 종류의 술이 있고 엄청난 술꾼들이 있다. 술은 뇌의 신경세포를 교란시켜 취하도록 만든다. 말하자면 비정상적인 수단으로 감각을 마비시켜 현실을 망각하도록 한다. 술꾼처럼 의지가 아닌 물질의 도움으로 심리적 문제를 해결하려는 것은 비겁한 행동이다. 더구나 술은 중독성이 강하므로 술에 의존하기 시작하면 헤어날 길이 없다. 문제를 의식 세계에 드러낼 기회, 직면의 기회를 박탈당하고 말 것이다. 술꾼을 돕기 위해서는 이 순환적 모순에서 빠져 나오도록 해야 한다. 술을 마시지 않고도 부끄러움을 이겨내려면 자신이 알코올 중독자라는 사실을 직면해야 하는 것이다.

✦ 직면

직면은 상담이나 심리치료에서 꼭 필요한 것이지만 매우 조심스러운 면이 있다. 직면은 참여자에게 모순이나 문제, 비합리적 신념을 스스로 알게 한다는 점에서는 유용하다. 그러나 잘못하면 상처를 주거나 문제를 확대시킬 수 있다. 주의를 요하는 직면은 아무에게나 아무 때나 해서는 안 된다. 섣불리 직면을 시키거나 준비가 되지 않은 상태에서 직면이 이루어질 경우 상처를 헤집기만 하고 악화시킬 수 있다. 경우에 따라서는 직면이 아닌 회피 상태가 나을 수도 있다.

직면은 참여자가 인식하지 못하거나 왜곡해서 받아들이고 있는 것을 객관적으로 볼 수 있도록 한다. 자신의 문제를 스스로 인정한다는 것은 상당한 용기가 필요하다. 술꾼 역시 자기가 술꾼이라는 사실을 인정하기가 쉽지 않다. 지금까지의 습관과 삶의 방식 및 태도를 송두리째 부정해야 하기 때문에 정체성의 혼란을 일으킬 수 있다. 하지만 마음을 굳게 먹고 스스로의 문제를 정확히 파악하고자 한다면 직면을 통해 변화와 새로움을 위한 확실한 전기를 마련할 수 있다. 직면은 용기를 필요로 하는 만큼 파급 효과도 크다.

스스로의 자기 발견은 각성과 변화에 이르는 지름길이다. 본인이 자신의 문제를 자각했으면 변화를 위해 노력할 것인지 말 것인지도 전적으로 자신이 결정해야 한다. 자신이 직접 선택했기 때문에 결과에 대한 책임도 본인에게 있다. 만일 이러한 변화와 책임을 감당할 수 없다면 그냥 술꾼으로 남아 있는 편이 낫다.

직면에서 주의할 점은 무엇인가? 효과적인 직면을 위해 꼭 염두에 두어야 할 것은 시기의 적절성이다. 상담이 어느 정도 진행되면 상담사와 참여자 사이에 적절하고 성숙한 관계가 형성되고 신뢰감도 구축된다. 이때가 직면의 바람직한 시기가 된다. 만일 상담사가 역전이로 인한 감정의 동요를 일으켜 참여자를 직면시킨다면, 즉 이해나 동감이 아닌 공격적인 자세로 직면 시킨다면 문제가 더욱 불거질 수도 있다. 무방비의 참여자를 직면시켜서는 안 되며 받아들일 마음의 준비 자세를 잘 살펴 직면의 여부를 결정해야 한다. 직면을 경험하고 난 후처리 또한 중요하기 때문이다. 참여자가 직면을 하게 되면 무의식 속에서 몸을 낮추고 있던 복잡한 감정들이 밖으로 표출된다. 잠잠하던 바다에 태풍이 몰아친 것처럼 엄청난 풍파가 일어나는 것이다. 왜곡이 아닌 자기 모습을 그대로 비추는 거울을 똑바로 바라볼 때, 참여자는 커다란 감정의 소용돌이를 겪게 된다. 그러므로 뜨겁고 광폭한 감정을 추스르고 정리하는 여백의 시간을 꼭 가져야 한다. 부정적 감정이나 비합리적 신념과 직면했던 참여자가 잔잔하고 따스한 감정으로 마무리를 할 수 있도록 해야 한다.

정신병리학에서는 직면의 위험성을 경고하고 신중하게 진행시킬 것을 주문한다. 정신병 환자들의 꿈이나 환각을 무리하게 자극하면 무의식적 충동을 준동시킬 우려가 있기 때문이다. 자기에 대한 확신이 없는 해리 상태의 환자를 직면시킨다면 오히려 정신 상태를 악화시키고 무의식 속에 숨어 있던 공격적 충동이 분출되어 자신이나 타인을 공격할 위험이 있다.

어린 왕자는 술꾼에게 술이 몸에 해롭다느니, 맑은 정신으로 살아야 한다느니 같은 조언을 하지 않는다. 처음 만난 사람에게 이러한 조언을 한다면 그가 아무리 훌륭한 상담사라도 술꾼에게는 잔소리로 들릴 것이다. 어린 왕자는 단순히 몇 마디 질문만 한다. 왜 술을 마시는지, 무엇을 잊고 싶은 것인지, 무엇이 부끄러운지를 묻는다. 이에 대답을 하면서 술꾼은 부끄러운 느낌을 갖는다. 상담은 이런 식으로 진행되어야 한다. 가르치는 것이 아니라 깨닫도록 해야 한다. 결국 술꾼은 머리를 숙이고 침묵을 지킨다. 머리를 숙이는 것은 부끄러움을 느꼈기 때문이다. 그리고 침묵은 일종의 회피의 태도다. 더 이상은 직면의 길로 나아가지 못하는 것이다. 여기에서 멈추는 한 그는 술을 끊지 못할 것이다. 어린 왕자는 회피하는 술꾼을 보며 난처해한다.

난처해진 어린 왕자는 길을 떠났다.
'어른들은 정말 참 이상해.' 어린 왕자는 여행을 하면서 생각했다.

술꾼의 별에서 어린 왕자는 무엇을 보았을까? 그저 이상한 어른의 모습만 보았을까? 어린 왕자가 꽃과 헤어진 데에는 여러 이유가 있을 것이다. 허영심, 회의, 까다로움, 의심, 거짓말 등등…… 우리는 그 이유 중 하나를 어린 왕자가 직면의 용기가 없었다고 말하고 싶다. 꽃이 까닭 없이 불평하고 귀찮게 굴 때 어린 왕자는 자신의 생각을 말로 표현하지 못하고 겸손하지 못하다는 둥 까다롭다는 둥 속으로만 투덜댔다. 어린 왕자가 별을 떠난 것은 회피의 극단적인 수단이었다. 아마도 술꾼으로부터 어린 왕자는 비겁했던 자신의 모습을 보았을 것이다.

우리는 언제든지 실수를 하고 잘못도 저지를 수 있다. 살아가면서 아무런 과오도 범하지 않는 사람은 없다. 다만 다시는 똑같은 실수를 하지 않겠다는 다짐이 필요한데 그러기 위해서는 이전의 실수나 과오를 인정하고 수용하는 자세가 중요하다. 남을 탓하거나 자기 합리화를 꾀하는 대신 솔직하게 잘못을 인정해야 한다. 직면이 필요한 것은 이러한 까닭이다.

술꾼으로부터 어린 왕자는 이해하기 힘든 어른의 모습을 본다. 술꾼처럼 어른들 역시 직면하는 것에 익숙하지 않다. 직면은 자기를 버리기 위한 준비 단계다. 자신을 부정하는 순간이다. 그러므로 명예, 부, 권한 등을 쥐고 있어 사회적으로 인정받고 있다고 스스로 믿는 사람일수록 직면은 어렵다. 어른에 비해 아이는 좀 더 쉽게 직면한다. 아이는 행동이 잘못되었다고 판단되면 곧바로 반성하고 용서를 구한다. 아이가 울음이 많은 것은 이런 이유에서다. 회피와 자기 합리화에 능숙한 어른과는 달리, 아이는 자신의 실수를 잘 인정하는 것이다.

우리는 어떠한가? 무슨 일이 생겼을 때 남을 탓하지는 않는가? 습관적으로 다른 사람을 원망하지 않는가? 직면하기 위해, 나의 진짜 모습을 보기 위해, 나를 아낌없이 드러내기 위해서는 커다란 용기가 필요하지 않은가?

직면을 한다는 것은 마치 주사를 맞는 것처럼 아프고 고통스러울 것이라는 걱정이 앞선다. 물론 아프다. 고통스럽다. 하지만 아픈 주사를 맞고 나면 독감을 극복할 수 있듯 직면을 통해 상처를 들어내고 어루만졌을 때 그 결과는 날아갈 듯한 카타르시스와 치유를 경험하게 될 것이다.

13
소유

어린 왕자가 방문한 네 번째 별은 사업가의 별이다. 이 사업가는 한시도 쉬지 않고 셈을 하고 있다. 얼마나 열중해서 셈을 하는지 어린 왕자가 도착했을 때 쳐다보지도 않는다. 심지어 담뱃불이 꺼졌지만 그것도 모른다. 사업가는 자신이 너무도 바쁜 사람이고 따라서 중요한 일을 하는 사람이라고 생각한다.

"난 정말 일이 많아. 난 진지한 사람이거든. 허튼 일로 노닥거릴 시간이 없어! 둘에다 다섯을 더하면 일곱……"

우리 주위에도 이런 부류의 사람들이 넘쳐 난다. 너무 일이 많고 바빠서 자기 시간이 없는 사람들, 가족과 오붓한 시간을 가질 수 없는 사람들······ 하지만 자기가 하는 일이 너무나 중요하다고 생각하는 사람들!

사업가가 집중해서 세고 있는 것은 하늘에서 반짝이는 별이다. 더욱 궁금해진 어린 왕자는 별을 세서 무엇을 하는지 묻는다.

"그 별들을 가지고 뭐 하는 거야?"
"뭐 하냐고?"
"응."
"하는 건 아무 것도 없어. 소유해."
"별들을 소유한다고?"
"그래."

별들을 자기 것으로 만들기 위해 사업가는 모든 시간을 계산하는데 사용하고 있다. 사업가가 별을 소유하려는 욕망은 우리가 흔히 말하는 물질적 소유, 돈을 많이 벌고 싶어 하는 욕망이다. 우리는 가능한 많은 돈을 벌고 싶어 한다. 돈을 벌기 위해 노력하는 것이 잘못된 것은 아니다. 돈이 있으면 좀 더 안락하고 편안한 삶을 살 수 있다. 누군가를 도울 수도 있다. 다만 돈이 행복한 삶을 위한 수단이 되어야지 목적이 되어 주객이 전도되는 경우에는 문제가 발생한다. 사업가처럼 계산하기 위해, 돈을 벌기 위해, 부자가 되기 위해, 정작 삶에서 중요한 것을 놓치고 만다면 잘못된 것이다. 어린 왕자의 눈에 이상하게 비친 사업가의 모습은 돈버는 것에 모든 것을 거는 세상의 많은 어른들의 모습과 다를 게 없다. 과연 부자가 되면 무슨 소용이 있는 것일까? 어린 왕자가 질문하자 사업가는 이렇게 대답한다.

"그럼 별들을 소유하는 게 아저씨한테 무슨 소용이 돼?"
"부자가 되지."
"부자가 되는 게 무슨 소용이 있어?"
"다른 별들을 발견하면 그걸 사지."

그렇다. 사업가가 부자가 되려는 것은 또 다른 별을 사기 위해서다. 계산을 열심히 해서 사업이 번창하면 계속해서 별들을 사들일 것이다. 그런데 돈이 돈을 낳고 별이 별을 낳는 순환적 행위, 물질적 증식 욕망에 깊게 빠져 있는 사업가의 행위는 술 취한 것을 잊기 위해 술을 마시는 술 꾼과 크게 다를 바 없다.

어린 왕자와 사업가는 소유에 대해 서로 의견을 달리하고 있다. 별들을 소유한다는 발상 자체를 이해할 수 없는 어린 왕자는 사업가에게 다시 묻는다.

"별들을 어떻게 소유해?"
"별들이 누구 거지?" 사업가가 투덜대듯 되물었다.
"몰라. 누구 것도 아니지."
"그러니까 내 것이지. 내가 제일 먼저 생각 했으니까."
"그러면 되는 거야?"
"물론. 임자 없는 다이아몬드는 발견한 사람의 소유가 되잖아. 네가 주인 없는 섬을 발견하면 네 것이 되는 거고, 네가 어떤 생각을 제일 먼저 했으면 특허를 받아야 해. 그럼 네 것이 되는 거야. 그래서 난 별들을 소유하는 거고. 나보다 먼저 그것들을 소유할 생각을 한 사람은 없었거든."
"그렇군." 어린 왕자가 말했다. "그런데 별을 가지고 뭘 해?"
"관리하지. 세고 또 세고. 그건 힘든 일이야. 하지만 난 진지한 사람이거든!"

임자 없는 물건은 맨 처음 찜하는 사람의 소유가 된다는 것은 통상적으로 인정되는 것이다. 그렇지만 소유를 위한 소유는 과연 의미가 있는 것일까? 여기에서 어린 왕자는 소유의 의미에 대한 중대한 개념을 언급한다. 예를 들어 멋진 머플러를 소유하고 있다면 바라만 보는 것이 아니라 목에 두르고 다닐 수 있어야 하고, 꽃을 소유하고 있다면 마음이 내킬 때 그 꽃을 꺾어 용도에 알맞게 쓸 수 있어야 한다. 하지만 사업가의 별들은 그냥 세거나 또 다른 별들을 사는데 쓰일 뿐이다. 쇼 윈도우의 모자는 내 소유의 모자가 아니다. 정당하게 지불하고 모자를 구입해서 내 머리에 썼을 때 그 모자는 나의 소유가 된다. 그러자 사업가는 은행 이야기를 꺼낸다.

"그럴 수는 없지. 하지만 별들을 은행에 맡길 수 있어."
"무슨 말이야?"
"조그만 종이에다 내 별들의 숫자를 적어 그것을 서랍에 넣고 잠근단 말이야."
"그게 다야?"
"그게 다지."
"그것 재미있는데, 아주 시적이야. 하지만 아주 중요한 일은 아니네."

어린 왕자가 보기에 별들의 숫자를 적어 은행에 맡기는 것은 그저 숫자놀이에 불과하다. 숫자가 커지는 것에 비례해서 만족감이 증가할 수는 있겠지만 그것 자체가 목적이 될 수는 없다. 어린 왕자의 눈에 은행 잔고가 적혀 있는 통장은 조그만 종잇조각에 불과하다. 머플러처럼 목을 따뜻하게 해 주거나 용도에 알맞게 사용할 수 있는 꽃이라면 진정한 소유가 되는 것이지만 숫자만으로 만족스러워 하는 부자를 이해할 수 없다. 어린 왕자가 '시적'이라고 표현한 것은 이해하기가 힘들다는 뜻이다.

어린 왕자가 생각하는 소유는 종교적 의미의 무소유가 아니다. 소유를 하지 말라는 것이 아니라 종잇조각이라는 서류상의 소유는 의미가 없다는 것이다. 부자가 되는 것은 좋은 일이다. 다만 돈을 숫자놀이가 아닌 진정으로 소유할 때 말이다. 또 하나, 소유가 소유하는 자와 소유당하는 자 사이에서 일방적 관계가 되어서는 안 된다. 진정으로 소유하기 위해서는 갑을 관계가 아니라 상호 유익한 관계가 되어야 한다. 내가 집을 소유하고 있다면 나는 나의 집을 사랑해야 하고 정성을 다해 깨끗하고 예쁘게 가꾸어야 한다. 그러면 그만큼 집은 나에게 안락함과 행복을 제공할 것이다.

"난 꽃 한 송이를 소유하고 있는데 매일 물을 줘. 세 개의 화산도 소유하고 있어서 매주 굴뚝을 청소해. 불이 꺼진 화산도 청소해. 어떻게 될지 알 수 없으니까. 내가 그것들을 소유하는 건 내 화산들이나 꽃한테 유익한 거야. 하지만 아저씨는 별들에게 유익하지 않네……"

　과연 우리는 무엇을 소유하고 있는가? 집, 자동차, 시계, 휴대폰, 노트북, 가방 등등. 내가 그것들을 소유하는 것이 그것들에게 유익한 일인가? 나는 그것들을 돌봐주고 사랑하는가? 그것들의 쓰임새를 진정으로 생각해 본 적이 있는가? 어린 왕자는 사업가 그리고 우리에게 이러한 질문을 던지고 있다.

14
책임

어린 왕자는 다섯 번째 별에 도착한다. 그 별은 지금까지 본 별 중에서 가장 작은 별이다. 너무 작아서 가로등 하나와 점등인만 서 있어도 꽉 차는 별이다. 요즘 도심지에는 해가 지고 길거리가 어수룩해지면 가로등이 켜진다. 지금이야 자동화가 되어 스위치 하나만 올리면 가로등 전체가 켜지지만, 옛날 가로등이 가스등이었을 때는 사람이 일일이 다니면서 불을 켜야 했다. 그것은 매우 수고스러운 일이었지만 점등인은 어둠을 밝혀준다는 사명감이 있었다.

〈어린 왕자〉의 저자, 생텍쥐페리는 어둠을 밝히는 빛을 매우 좋아했다. 그가 석양의 빛에 애착을 가지고 있는 것도 그런 이유와 무관하지 않다. 그가 비행기 조종사였고 야간에도 비행을 하였기 때문에 어둠 속의

빛은 생명이었다. 생텍쥐페리의 또 다른 소설 〈야간비행〉에는 민간 우
편항공기 조종사가 겪는 야간비행의 어려움, 생과 사의 갈림길에 선 조
종사의 감정이 실감나게 그려지고 있다. 지금처럼 항공 기계가 발달되어
있지 않던 시대니 만큼, 야간비행의 조종사들은 감으로 비행기를 몰아야
했다. 그들이 기준으로 삼는 것은 하늘의 별들과 활주로의 조명뿐이었
다. 하지만 일기가 악천후여서 칠흑같이 어둔 밤이라면 말이 달라진다.
이 때는 방향 감각을 잃을 수도 있고 어쩌다 만난 별을 조명으로 착각할
수도 있다. 이를테면 어두운 밤, 연료가 점점 떨어지고 있는 긴급한 상

황에서 조종사는 어떤 밝은 빛을 발견하고는 활주로의 조명이라고 확신한다. 안도하는 마음으로 그 불빛을 열심히 따라갔는데 그게 조명이 아니고 별빛이다. 조종사는 조명을 발견했다고 믿는 순간 살았구나! 하는 생각이 들다가 그게 조명이 아니라는 것을 확인하는 순간 죽었구나! 하는 암울한 생각이 물밀 듯이 밀려올 것이다. 별이냐 조명이냐에 따라 죽음과 삶의 경계를 왕복하는 야간 조종사의 심정을 생텍쥐페리는 잘 알고 있었다. 그가 어둠 속에서 가로등을 밝히는 사람에게 특별한 애정을 가지고 있는 것도 야간비행의 경험과 관련이 있을 것이다.

어린 왕자는 궁금했다. 하늘 한 구석, 집도 없고 다른 사람도 살지 않는 이 작은 별에서 가로등과 점등인이 무슨 소용이 있는지, 또 그는 왜 가로등을 껐다 켰다를 반복하는지 도무지 이해할 수가 없다. 그래서 어린 왕자는 중얼거렸다.

'이 사람은 어리석은 사람인지도 몰라.'

그렇지만 점등인은 어리석다기보다 책임감이 강한 사람이라고 보는 게 옳다. 그는 주어진 명령을 한 치의 오차도 없이 수행한다. 그는 자신에게 주어진 일이 합리적인 것인지 그렇지 않은 것인지 생각해 본 것 같지 않다. 다만 그는 자신의 반복적인 행위, 빛으로 어둠을 밝히는 행위는 누구나 해야 할 것으로 인정하는 보편적 행위라는 것을 깨닫고 있음이 분명하다. 그것은 상황에 따라 달라지는 것이 아니라 상황 변화와 관계 없이 무조건 따라야 하는 의무와 같은 것이다.

> "안녕. 아저씨. 왜 지금 막 가로등을 껐어?"
>
> "안녕. 명령이야." 점등인이 대답했다.
>
> "명령이 뭐야?"
>
> "내 가로등을 끄는 거지. 잘 자." 그리고 그는 다시 불을 켰다.
>
> "왜 지금 막 가로등을 다시 켰어?"
>
> "명령이야." 점등인이 대답했다.
>
> "무슨 말인지 모르겠는데." 어린 왕자가 말했다.
>
> "이해할 건 아무 것도 없어. 명령은 명령이니까. 안녕!" 점등인이 말했다. 그리고 가로등을 껐다.

그가 느끼고 있는 책임은 실존주의에서 말하듯 무한한 자유로 인해 생겨나는 책임과는 거리가 있다. 점등인에게는 아무런 선택의 자유가 없다. 그는 주어진 명령에 따라 가로등을 켜고 끄는 일을 충실하게 수행할 뿐이다. 어두워지면 가로등을 켜고 날이 밝으면 가로등을 끄는 기계와도 같은 반복적인 행동은, 의무로부터 나오는 행위만이 도덕적으로 정당화 될 수 있다고 본 칸트의 정언명령과 유사하다. 점등인은 앉지도 자지도 못하면서 도덕 법칙에 무조건 따라야 한다는 의무감에 충만 되어 있다. 스스로 계율을 만들어 존중하고 이를 지킨다. 해야 할 바를 해야 자유롭다. 열심히 일한 후 흐르는 땀을 닦는 점등인의 모습은 참으로 아름답다.

"점등인은 붉은 바둑판무늬 손수건으로 이마의 땀을 닦았다."

어린 왕자는 그를 바라보았다. 명령에 충실한 점등인이 좋아졌다. 쉼 없이 불을 끄고 켜는 점등인을 보고 있노라니 의자를 잡아당겨 석양을 보고 싶어 했던 지난 일이 생각났다.

점등인에게 아무런 도움이 될 수 없다는 것을 깨닫고 별을 떠날 때쯤 어린 왕자는 하나의 결론에 다다른다. 지금까지 여행하면서 만났던 사람들, 왕, 허영장이, 술꾼 그리고 실업자 같은 사람들은 점등인을 멸시할 것이다. 그렇지만 어린 왕자에게 우스꽝스럽게 보이지 않는 오직 한 사람은 바로 이 점등인이었다. 그 이유는 그만이 자기를 위한 일이 아니라 다른 일을 돌보는데 전념하기 때문이다. 그가 명령에 복종하고 의무를 다하는 것이 자신의 이익과 관련된 것이라면 크게 칭찬할 것이 못 된다. 하지만 그의 의무적 행위가 타인을 위한 것이라면 이야기가 달라진다. 타인을 위해 빛을 밝혀야 한다는 책임이야말로 '타자의 철학자'로 잘 알려진 레비나스가 언급한 타자에의 책임과 상통한다. 『시간과 타자』의 저자 레비나스는 이렇게 말한다.

"타자의 응답에 책임지고, 나의 것을 내어 타자에게 정성껏 대하는 삶. 이것이 인간의 인간다움이다."

이 책임의 문제는 앞으로 21장에서 장미꽃과의 길들임에서 다시 한 번 언급할 것이다. 여우는 어린 왕자에게 책임에 대해 말한다.

"넌 네가 길들인 것에 언제까지나 책임이 있는 거야. 넌 네 장미에 대해 책임이 있어……"

우리가 살아가면서 타인에 대해 얼마만큼의 책임감을 갖고 있는가? 타인에게 깊은 책임감을 느낀다는 것은 어린 왕자와 여우처럼 확실한 관계가 형성되었다는 뜻이다. 사랑하는 사람이나 가족 간에 책임감이 더욱 크게 다가오는 것은 그 때문이다. 타인에게 책임을 느끼는 것은 그만큼 그를 사랑한다는 증거이며 책임을 다하려는 행동으로부터 삶은 진정한 의미가 생겨난다. 요즘 젊은 사람들 가운데는 책임을 지기 싫어 결혼을 하지 않으려는 사람들이 많다. 자식을 낳게 되면 양육이라는 무거운 책임을 질 수밖에 없는데 그것이 두려운 것이다. 그러나 분명한 것은 책임을 회피하는 그만큼 인생의 의미와 가치는 약화된다는 것이다. 어린 왕자는 꽃에 대한 사랑이 클수록 더욱 큰 책임감을 느낀다. 직장에서 가족을 떠올리면서 자존심도 버리고 굳은 일을 마다하지 않으며 열심히 일하는 가장들의 모습에서 이러한 종류의 책임을 엿볼 수 있다. 가족에 대한 책임의식으로 어려운 상황을 극복해 나가는 이들 가장들에게서 어린 왕자의 향기가 난다.

15
일시적인 존재

여섯 번째 별에는 두꺼운 책을 앞에 놓고 연구를 하고 있는 나이가 지긋한 지리학자가 살고 있다. 지리학자가 뭐하는 사람이냐고 묻자 노인은 "바다와 강, 도시와 산 그리고 사막이 어디에 있는지를 아는 사람"이라고

대답한다. 어린 왕자가 먼 별에서 왔다는 사실을 안 지리학자는 흥분해서 탐험가 어린 왕자의 별에 대해 설명해 달라고 요구한다.

"자, 시작할까?" 지리학자가 물었다.
"아, 내 별은 흥미로운 게 별로 없어요. 아주 작거든요. 화산이 셋있어요. 두 개는 활화산이고 하나는 사화산이에요. 하지만 어떻게 될지는 몰라요."
"그건 그렇지." 지리학자가 말했다.

여기까지 탐험가로서 어린 왕자와 기록자로서 지리학자 사이에는 아무런 문제가 없어 보인다. 그런데 어린 왕자가 자신의 별에 꽃 한 송이가 있음을 말하면서 상황이 달라진다. 지리학자는 꽃은 기록하지 않는다고 말한다. 꽃은 '일시적인 존재(éphémère)'라는 것이다.

"제겐 꽃 한 송이도 있어요."
"꽃은 기록하지 않아." 지리학자가 말했다.
"왜요? 제일 예쁜데요!"
"꽃들은 일시적인 존재니까."

지리학자는 산이나 바다처럼 변하지 않는 것만 기록한다고 말한다. 산이 위치를 바꾸거나 바닷물이 말라 버리는 일은 드물다는 것이다. 하긴 애국가의 가사처럼 동해물이 마르거나 백두산이 닳는 일은 없을 것이다. 이렇듯 "영원한 것들을 기록하는" 지리학자는 일시적인 것에는 관심이 없다. 꽃을 자랑스러워하는 어린 왕자는 '일시적인 존재'가 무엇이냐고 집요하게 묻는다. 지리학자가 기록에서 제외한 일시적인 존재란 '곧 사라질 위험에 처해 있다'는 뜻이다. 그러니까 어린 왕자의 별에 있는 꽃은 곧 사라져버릴 일시적인 존재인 것이다. 놀란 어린 왕자가 묻는다.

"내 꽃은 곧 사라질 위험에 처해 있나요?"
"물론이지."

지리학자가 말한 산이나 바다의 불변성은 사실이 아니다. 산이나 바다도 얼마든지 변한다. 다만 꽃에 비해 변화의 속도가 느릴 뿐이다. 중요한 것은 지리학자가 영원한 것(being)과 일시적인 것(becoming)을 구분한다는 것이다. 영원하며 변하지 않는 것을 흔히 진리하고 일컫는다. 동쪽에서 해가 뜬다는 사실을 불변의 진리라고 하는 것처럼 말이다. 서양의 이데아 철학 이래로 사람들은 변하는 것은 일시적인 것이고 가볍고 무가치한 것으로, 변하지 않는 것은 영원하며 가치가 있는 것으로 여겨왔다. 하지만 니체 이후 이러한 생각에 많은 변화가 생겼다. 변화하는 것이야말로 생명을 지닌 것이며 역동적인 것으로 보는 것이다. 지리학자가 영원한 것이라고 말한 산이나 바다는 생명체라고 할 수 없으나 꽃은 생명체다. 살아있다는 것은 변한다는 의미다. 시간이 흘러도 변하지 않는 것은 미라나 박제일 뿐이다. 우리가 매 순간 죽음으로 나아가는 것도 생명이 있기 때문이다. 일시적인 존재란 변하는 것이며 아름다운 것이며 사랑을 하고 사랑을 받는 존재인 것이다. 어린 왕자가 꽃을 화산보다 더욱 예쁘고 사랑스럽다고 느끼는 것도 변하는 존재인 까닭이다. 지리학자는 꽃을 일시적인 존재로 분류해 버렸지만 아이러니하게도 어린 왕자는 떠나 온 꽃을 다시 한 번 생각하는 계기가 된다.

'내 꽃은 일시적인 존재야. 세상에 대항할 무기라곤 네 개의 가시밖에 없어! 그런데 나는 꽃을 혼자 내버려두고 왔어!' 하고 어린 왕자는 생각했다. 처음으로 후회스런 느낌이 들었다. 그러나 어린 왕자는 다시 용기를 냈다.

"어디를 가 보는 게 좋을까요?" 어린 왕자가 물었다.

"지구라는 별. 평판이 아주 좋아……" 지리학자가 대답했다. 그리하여 어린 왕자는 꽃을 생각하며 길을 떠났다.

지리학자는 발로 뛰는 탐험가와는 달리 책상에 앉아 그들이 가져 온 정보를 정확하게 기록하는 것이 자신의 임무라고 말한다. 그는 탐험가의 말과 증거에 의거하여 이를 기록하고 전하는 것이다. 그의 증거주의는

꽤나 그럴 듯해 보인다. 예를 들어 술 취한 사람의 말은 믿지 않으며, 탐험가의 말은 일단 연필로 적어놓고 증거물이 확인된 후에야 잉크로 적는 식이다.

"취하면 둘로 볼 수 있거든. 그러면 지리학자는 하나인 산을 둘로 기입할 수도 있고."

지리학자는 모든 것을 증거를 기반으로 결정하는 실증적 사고를 대변한다. 그런데 실증적 사고란 보이지 않는 것은 제쳐두고 오직 보이는 것만을 중시하는 태도다. 재미있는 것은 이처럼 빈틈없는 검증을 원칙으로 하면서도 그는 결코 자기 별을 떠난 적이 없다는 사실이다. 철저하게 원칙과 증거를 기반으로 한다는 학자가 순전히 남의 말과 어쭙잖은 증거만을 토대로 기록하려는 것은 모순처럼 보인다. 과연 본다는 것이 정말로 명백한 증거가 되는 것일까? "커다란 산을 발견했을 때 커다란 돌멩이를 가져 오면" 그것이 증거물이 되는 것일까? 어린 왕자와 동행을 하다보면 우리는 보이지 않는 것이 얼마나 중요한가를 깨닫게 된다. 오직 보이는 것에만 집착하고 일시적인 것을 경시하는 지리학자의 태도가 이전 별의 어른들과 별로 다를 바가 없는 것은 이러한 까닭이다.

16
지구

어린 왕자가 도달한 일곱 번째 별은 지구다. 숫자 일곱은 상징적인 의미가 크다. 일주일이 7일로 되어 있고 7일째가 일요일인 것은 성서의 영향이다. 구약에서 천지창조를 마친 하나님이 일곱째 날에 휴식을 취한 것에서 7은 완전함과 끝맺음을 의미한다. 또한 동서남북 사방과 천지인(天地人) 3재를 합친 완전한 숫자이기도 하다. 여섯 개의 별을 거쳐 도달한 지구는 어린 왕자에게 있어 여행의 마지막 기착지이자 안식처가 될 것이다.

지구라는 별은 지금까지 여행하면서 만난 별들의 종합판이다. 어린 왕자는 지구의 규모를 이렇게 묘사한다.

일곱 번째 별은 지구였다. 지구는 그저 그런 보통 별이 아니다! 그곳에는 1백 11명의 왕(물론 흑인 나라의 왕도 포함된다)과 7천 명의 지리학자와 90만 명의 사업가, 7백 50만 명의 술꾼, 3억 1천 1백만 명의 허영장이들, 즉 약 20억쯤 되는 어른들이 살고 있다. 전기가 별명되기 전까지는 여섯 대륙을 통틀어 46만 2천 5백 11명이나 되는 점등인을 두어야 했다는 이야기를 들으면 지구의 규모를 짐작할 것이다.

어린 왕자가 여섯 개의 별을 여행하면서 만난 사람들, 왕, 허영장이, 술꾼, 사업가, 점등인, 지리학자가 지구에는 모두 존재한다. 그것도 한 명이 아닌 수십 명이 있다. 여기에 아이는 빼고 20억 명쯤 되는 어른들만 포함시킨 것은 재미있다. 사실 여섯 개의 별에서 만난 사람들은 모두 어른이었던 것이다.

지구는 다름 아닌 우리가 살고 있는 별이다. 우리는 어린 왕자가 여섯 개의 별에서 만난 그 어른들 틈에 끼어 살아간다. 수십의 군주와 수상과 대통령들, 수천의 학자들, 수십만의 사업가들, 수백만의 술꾼들, 수억의 허영장이들이 우리 주위에 차고 넘친다. 우리 각자는 또한 어딘가에 속한 사람일 것이다. 힘도 세고 돈도 많고 매일 술도 마시고 허영심이 가득한 사람 중 하나일 것이다. 하지만 여기 어디에도 속하지 않은 어른, 어른이지만 어린 왕자를 알아보는 사람일 수도 있다. 사업을 열심히 하지만 계산에만 몰두하지 않고 때때로 석양을 바라보는 사람, 사장이면서도 직원들 덕택에 자기가 있다는 것을 깨닫는 사람, 권력이 있지만 아래로부터의 권력이라는 것을 알고 있는 사람, 친구와의 우정을 잊지 않기 위해 기분 좋게 술을 마시는 사람, 허영을 떨지 않고 진심으로 겸손한 사람일 수 있는 것이다. 하지만 불행히도 이런 사람을 만나기는 쉽지 않다. 어린 왕자와 화자가 만난 곳이 서울 명동의 한 복판이 아니라 사막이라는 장소, 사람을 만나기기 쉽지 않은 장소를 택한 것도 이런 이유일 것이다.

지구는 아주 큰 별이고 자전과 공전을 하므로 지역에 따라 해가 뜨고 지는 시간이 다르다. 〈어린 왕자〉에서 지구는 시간에 따라 질서정연하게 이루어지는 점등인과 가로등의 향연이 무대에서 공연되는 오페라와 발레에 빗대어 멋지게 표현된다.

좀 멀리 떨어진 곳에서 보면 눈부시게 멋진 광경이 펼쳐진다. 점등인들이 무리 지어 움직이는 모습은 오페라의 발레처럼 질서 정연하다. 맨 처음은 뉴질랜드와 오스트레일리아의 점등인들의 차례다. 그들은 가로등을 켠 다음 잠을 자러 간다. 그리고 나면 중국과 시베리아의 점등인들이 춤을 추며 나타난다. 그들 역시 무대 뒤로 살짝 몸을 감추면 이번에는 러시아와 인도의 점등인들이 나타난다. 그 다음에는 아프리카와 유럽의 점등인들, 또 그 다음에는 아프리카와 유럽의 점등인들, 또 그 다음에는 남아메리카의 점등인들, 또 그 다음에는 북아메리카의 점등인들이 차례로 나타난다. 그들이 무대에 등장하는 순서는 틀리는 법이 없다. 무척이나 장엄한 광경이다. 오직 북극의 단 하나밖에 없는 점등인과 남극의 단 하나밖에 없는 점등인만이 한가롭게 태평스러운 생활을 하고 있다. 그들은 일 년에 두 번만 일을 한다.

지구의 어른들, 왕이나 술꾼 등에 초점을 맞추는 대신 질서정연한 가로등의 켜짐과 꺼짐을 발레로 묘사한 지구의 모습은 장엄하고 아름답기 그지없다. 아이다움을 잃어버린 어른들이 살고 있는 지구지만 이처럼 아름다운 것은 이곳이 우리가 살고 있는 곳이기 때문이다. 아프고 슬프고 힘들고 어려워도 결코 버리거나 떠날 수 없는 곳, 그래서 치유가 필요한 곳, 기쁨과 슬픔, 삶과 죽음을 동시에 안겨주는 곳, 그곳이 바로 지구인 것이다.

지구에서 어린 왕자가 도착한 곳은 강렬한 태양이 비치는 사막이다. 그는 이곳에서 뱀, 볼품없는 꽃, 여우를 만나고 또 화자인 조종사를 만날 것이다. 왜 하필 어린 왕자는 사막에 도착한 것일까? 사막의 의미는 무엇일까?

사막에서 살아남기는 힘들다. 그러나 사막은 모든 것을 포용한다. 그곳에 들어오면 무엇이든 안아준다. 밀어내는 법이 없다. 뜨거운 모랫더미에 물방울을 떨어트리면 흔적도 없이 사라지듯 사막의 포용력은 어마어마하다. 마치 블랙홀 같다. 사막에서 삶과 죽음은 하찮은 것이 되고 만다. 사막의 한 가운데 서면 살아오면서 겪었던 불행한 일들, 창피스러웠던 일들, 자존심 상했던 일들, 아팠던 일들, 고통스러웠던 일들이 일거에 사라진다. 부귀와 영화, 행복했던 일들, 자랑스러웠던 일마저도 사라진다. 사막에서는 무엇이 불행이고 무엇이 행복인지 가늠할 수 없다. 사람들과의 복잡한 관계도 무의미해지고 역사, 철학, 종교, 예술도 사라지고 마는 사막은 무결점의 장소다. 아마도 모든 표피를 걷어내고 진짜 참모습을 올바르게 바라볼 수 있는 유일한 장소인지도 모른다.

사막은 고독과 죽음의 세계다. 인적이라고는 찾을 길이 없는 그곳은 도시와는 대조적이다. 그곳에 있으면 멀리 바라보기 대신 자기 내면의 세계로 빠져든다.

사막의 특징은 참으로 많다. 무엇보다도 사막은 외롭다.

또 사막은 건조하고 뜨겁다. 물이 아닌 불의 세계다. 사막은 삶보다
는 죽음에 가깝다. 사막은 혼자만의 장소다. 고립무원의 장소인 그곳
은 마치 면벽을 수행하는 수도승처럼 자신과 세계에 대해 깊이 숙고하
는 기회를 제공한다. 사막은 환각적이다. 비논리적이다. 점차 정신이
혼미해지고 신기루와 같은 헛것이 보이며 기운을 잃어간다. 변화무쌍
한 사막은 인공에서 벗어난 아름다운 자연 자체다.

그러나 〈어린 왕자〉의 사막에는 생명이 꿈틀거린다. 생명이 있을 뿐
아니라 사랑이 있고 영원이 있다. 여우, 뱀, 우물이 있다. 그래서 사막
은 아름답다.

17
뱀

어린 왕자가 도착한 곳은 사막이다. 그는 지구에 도착할 때 곧장 많은 사람을 만날 것을 기대했지만 한 사람도 보이지 않자 매우 놀라워한다. 그토록 많은 사람이 사는 곳이 지구인데 사람을 만날 수 없다니. 그는 사막에는 사람이 살지 않는다는 사실을 모르고 있었다.

어린 왕자가 지구에 처음 도착했을 때 아무도 없다는 사실에 놀랐다. 그가 다른 별로 잘못 찾아온 것이 아닌가 하고 겁을 내고 있을 때, 모래 속에서 달빛 색깔의 고리가 움직이는 것이 보였다.

그것은 달빛 색깔의 노란색을 띤 고리 모양의 조그만 뱀이었다. 어린 왕자와 뱀 사이의 대화는 짧지만 많은 의미를 담고 있다.

먼저 어린 왕자는 뱀으로부터 그곳은 지구가 맞으며, 아프리카이고 사
막이어서 사람을 만날 수 없다는 정보를 듣는다.

"안녕." 어린 왕자가 무턱대고 말했다.
"안녕." 뱀이 말했다.
"지금 내가 도착한 별이 무슨 별이지?" 어린 왕자가 물었다.
"지구야. 아프리카." 뱀이 대답했다.
"그래!…… 그럼 지구에는 아무도 없어?"
"여긴 사막이야. 사막에는 아무도 없어. 지구는 커다랗거든." 뱀이 말했다.

어린 왕자는 뱀에게 하늘에서 반짝이는 별들 어딘가를 가리킨다. 아마도 꽃을 생각했으리라. 꽃을 생각하면서 외로움을 느꼈으리라. 저렇게 아름다운 별을 두고 왜 여기까지 왔을까? 뱀은 궁금하다.

"아름답구나. 여긴 뭐 하러 왔어?" 뱀이 물었다.
"꽃하고 사이가 나빠졌어." 어린 왕자가 말했다.
"그래!" 뱀이 대답했다. 그리고 그들은 침묵했다.

이들 사이의 대화는 단순하고 명료하다. 그리고 침묵이 있다. 이것은 서로가 서로의 외로움을 알기 때문에 가능한 대화 방식이다. 침묵 속에서 어린 왕자는 꽃을 떠올렸을 것이 분명하다.

★
전지전능의 힘

사막의 뱀은 신비스럽다. 어린 왕자의 눈에는 발이 없어 멀리 여행할 수도 없고 손가락처럼 생긴 뱀이 연약해 보인다. 그러나 뱀의 말은 마치 현자를 연상시킨다. "사람들은 여럿이 함께 있어도 외로워." "난 배보다 널 더 멀리 보낼 수 있어." "내가 건드리는 사람은 그가 나왔던 땅 속으로 돌아가"라고 말하거나, "왕의 손가락보다도 더 힘이 세다"고도 말한다.

　"넌 아주 재미있게 생긴 동물이구나. 손가락처럼 가느다랗고……" 어린 왕자가 말했다.
　"그래도 난 왕의 손가락보다도 힘이 더 세단다." 뱀이 말했다.
　어린 왕자는 미소를 지었다.
　"넌 힘이 세지 못해…… 발도 없고…… 여행도 할 수 없잖아……"
　"난 배보다 더 먼 곳으로 너를 데려다 줄 수 있어." 뱀이 말했다.
　그는 어린 왕자의 발뒤꿈치를 팔찌처럼 휘감으며 말했다.
　"나를 건드리는 사람은 그가 나왔던 땅으로 돌려보내 주거든. 하지만 넌 순진하고 또 다른 별에서 왔으니까."

　뱀은 자신의 강한 힘으로 어린 왕자가 별로 되돌아가고 싶을 때 도와줄 수 있다고 말한다. 첫 번째 별에 살던 왕이 말한 것처럼, 이 세상에서 왕의 손가락은 가장 힘세고 무서운 권력을 상징한다. 왕의 손가락은 살짝만 까딱해도 무슨 일이든 가능하다. 그럼에도 뱀은 자신이 왕의 손가락보다 더 힘이 세다고 말한다. 어떤 점에서 그럴까? 왕의 손가락은 절대 권력을 뜻하지만 그렇다고 해서 이치에 어긋나는 명령을 내리거나 운명을 바꾸는 명령은 내릴 수 없다. 설령 명령을 내리더라도 실행되지 않을 것이다. 첫 번째 별의 왕도 그 점을 말한다.

"내가 장군에게 나비처럼 이 꽃에서 저 꽃으로 날아다니길 명령하거나 비극 작품을 쓰라고 명령하거나 바닷새로 변하도록 명령했는데, 그가 복종하지 않는다면 그의 잘못일까, 나의 잘못일까?"

"폐하의 잘못이죠." 어린 왕자가 자신 있게 말했다.

"그렇다. 누구에게든 이행할 수 있는 것을 요구해야 하는 법이다. 권위는 무엇보다도 이성에 근거를 두어야 한다. 만일 네가 너의 백성에게 바다에 몸을 던지라고 명령한다면 그들은 혁명을 일으킬 것이다. 내가 복종을 요구할 권한을 갖는 것은 나의 명령들이 이치에 맞는 까닭이다."

모든 권력을 손아귀에 쥐고 있는 왕이라도 이치에 벗어나는 명령을 내릴 수는 없다. 죽어가는 장군에게 "죽지 말라"고 명령한들 그게 무슨 소용이 있겠는가. 왕 자신 또한 때가 되면 죽음에서 벗어날 수 없다. 그런데 뱀은 왕도 할 수 없는 생사를 결정한다는 것이다. 죽고 사는 것을 결정하는 운명의 힘만큼 더 절대적인 힘이 있을까. 뱀이 말한 모든 것을 해결할 수 있다는 그 힘이란 한마디로 생사를 관장하는 힘이다. 누군가 뱀을 건드리기라도 하면 그는 자신이 나왔던 땅으로 되돌아가야 한다. 뱀의 힘은 원래의 곳으로 되돌아가게 하는 것, 즉 죽음과 관련이 있다. 그러나 그 죽음은 소멸이 아닌 재생을 위한 죽음이다. 뱀이 죽음을 원래의 곳으로 되돌아감이라고 표현한 것은 삶이란 윤회의 수레바퀴라는 의미를 담고 있다. 왔던 곳으로 되돌려 보내 주는 뱀은 전지전능한 힘을 지닌 해결사인 것이다.

　"이 돌투성이의 지구에서 넌 참 연약해 보여. 측은하기도 하고. 네 별이 너무 그리우면 널 도와줄 수 있어. 난……"
　"응! 잘 알았어. 그런데 왜 언제나 그렇게 수수께끼 같은 말만 해?"
　"난 모든 걸 해결할 수 있어." 뱀이 말했다. 그리고 그들은 침묵했다.

　어린 왕자가 지구에서 처음으로 만난 것이 뱀이고 마지막으로 만난 것도 뱀이다. 이곳 사막에서 뱀과의 만남은 결말을 위한 복선이며, 나중에 뱀은 어린 왕자가 자신의 별로 되돌아갈 수 있도록 돕는다. 뱀은 죽음의 이미지다. 이미 화자는 어렸을 때 코끼리를 삼켜 버린 뱀을 그린 적이 있다. 엄청난 크기의 동물을 죽음으로 몰아넣은 커다란 뱀이 이번에는 작은 뱀의 모습으로 어린 왕자 앞에 나타난 것이다. 뱀은 처음과 끝, 삶과 죽음을 하나로 이어주는 고리로 꼬리를 물고 있는 뱀, 우로보로스(Ouroborous)의 형상처럼 완전한 원이다.

"우로보로스는 '꼬리를 삼키는 자'라는 뜻이다. 고대의 상징으로 커다란 뱀 또는 용이 자신의 꼬리를 물고 삼키는 형상으로 원형을 이루고 있는 모습으로 주로 나타난다. 수세기에 걸쳐서 여러 문화권에서 나타나는 이 상징은 시작이 곧 끝이라는 의미를 지녀 윤회사상 또는 영원성의 상징으로 인식되어왔다."(위키백과)

〈우로보로스(Ouroborous)〉

흙(별)에서 온 자 그 흙(별)으로 돌아가리라. 왔던 곳으로 되돌아간다는 윤회사상이 〈어린 왕자〉에 고스란히 담겨 있다.

18
볼 품 없는 꽃

뱀과 헤어진 어린 왕자는 사막을 걷기 시작한다. 그가 사막을 횡단하면서 만난 것이라곤 한 송이 꽃뿐이다. 그 꽃은 석 장의 꽃잎 밖에 달려 있지 않은 볼품없는 꽃이다. 그러나 보기에 볼품은 없어 보여도 사막이라는 환경에서 살아남은 이 꽃은 강인한 생명력을 지닌 꽃임에 틀림없다. 자태를 뽐내기 위해 많은 꽃잎을 달았다면 이 볼품없는 꽃은 시들어 죽고 말았을 것이다. 볼 품 없음이 그를 그 자리에 있게 한 것이다.

사실 볼품이 없다는 것은 순전히 우리의 상대적 시각이다. 사람들은 균형, 풍성함, 신선함, 기발함, 찬란함과 같은 규정을 만들어 놓고 거기에 미달되면 거들떠보지 않는다. 화자가 여섯 살 때 그린 그림처럼 겉만 보고 판단해 버리는 오류를 범하고 있다. 우리의 눈에는 볼품없이 비칠지 모르지만 이 꽃은 사막에서 오직 한 송이 뿐이며 강인한 생명력으로 사막을 비추는 엄청난 힘과 의미를 지니고 있다.

어린 왕자와 볼품없는 꽃의 대화는 우리 삶의 덧없음을 상기시킨다.

"안녕." 어린 왕자가 말했다.

"안녕." 꽃이 말했다.

"사람들은 어디 있어?" 어린 왕자가 정중히 물었다.

꽃은 언젠가 한 무리의 대상이 지나가는 것을 본 적이 있었다.

"사람들? 한 예닐곱이 있는 것 같아. 몇 해 전에 그들을 본 적이 있거든. 하지만 지금 어디 있는지 알 수 없어. 바람결에 불려 다니거든. 그들은 뿌리가 없어서 불편해 보여."

꽃잎이 석장 밖에 없는 볼품없는 꽃이지만 그 꽃은 항상 그 자리에 있다. 바람이 불어도 흔들릴 뿐 다른 곳으로 이동하지 않는다. 사람들은 항상 그 자리에 있는 나무를 보면 안됐다고 생각한다. 붙박이장처럼 이동할 수 없다는 것은 갇힌 것이며 자유를 침해당한 것으로 여긴다. 하지만 그것은 사람들의 시각일 뿐, 나무의 시각에서는 오히려 뿌리가 없는 사람이야말로 가엾은 존재다. 뿌리가 없는 사람들은 줏대 없이 바람결에 이리저리 불려 다니는 불편한 존재인 것이다.

뿌리가 없는 사람은 중심이 없음을 뜻한다. 귀가 너무 얇은 것도 뿌리가 없는 것이며, 뚜렷한 목적이나 방향이 없이 행동하는 것도 뿌리가 없는 것이다. 다만 어린 왕자가 긴긴 여행을 하는 것은 뿌리가 없어서가 아니다. 확실한 목적의식을 지닌 여행이야말로 뿌리를 내리기 위한 힘찬 노력일 것이다.

19
산

메마른 사막을 걷던 어린 왕자가 높은 산을 만나자 그 위로 올라간다. 지구의 산은 크기에 있어 그의 별에 있는 산과는 차원이 다르다. 그가 산 위에 올라간 것은 지구 전체와 모든 사람들을 한 눈에 볼 수 있다고 믿었기 때문이다. 그러나 산꼭대기에 올라섰을 때 그의 눈앞에 펼쳐진 것은 기대와는 달리 끝없는 산봉우리뿐이다.

어린 왕자가 아는 산이라곤 무릎이 닿는 세 개의 화산이 고작이다. 그는 불 꺼진 화산을 걸상으로 이용하곤 했다.

✦

메아리

산은 지리학자에게는 중요겠지만 어린 왕자는 큰 관심이 없다. 그럼에도 높은 산을 힘들게 올라간 것은 누군가를 만날 수 있을까 해서다. 어린 왕자는 혹시 누군가의 대답을 기대하면서 무조건 크게 소리 내어 인사를 해 본다. 하지만 맞은편에서 반복적으로 들려오는 것은 메아리뿐이다.

"안녕" 어린 왕자는 혹시나 하고 말했다.

"안녕…… 안녕…… 안녕……" 메아리가 대답했다.

"누구세요?" 어린 왕자가 물었다.

"누구세요?…… 누구세요?…… 누구세요?……" 메아리가 대답했다.

"친구가 되어줘요. 외로워요." 어린 왕자가 말했다.

"외로워요…… 외로워요…… 외로워요……" 메아리가 대답했다.

"참 이상한 별이야! 메마르고 뾰족뾰족하고 소금기도 많고, 게다가 사람들은 상상력도 없어. 다른 사람이 한 말만 되풀이 하다니…… 우리 집에는 꽃 한 송이가 있어. 그 꽃은 언제나 먼저 말을 걸어 왔는데……"

어린 왕자가 산봉우리에서 소리친 것은 누군가 대답해 줄 것을 기대했기 때문이다. 그러나 그 기대는 메아리로 인해 산산이 부서지고 만다. 메아리는 결코 먼저 말을 걸어주는 법이 없다. 다른 사람이 말을 걸어도 그가 한 말을 반복해서 되풀이 할 뿐이다. 어린 왕자가 보기에 메아리와 꽃은 정반대의 성향을 지니고 있다. 꽃은 먼저 말을 거는 존재지만, 메아리는 침묵으로 일관하다가 누군가 말을 걸 때야 비로소 그 말을 반복한다. 별을 떠나 홀로 여행을 하는 어린 왕자는 심하게 외로움을 느낀다. 그러나 누군가의 말을 되풀이만 하는 메아리는 외로움을 달래는데 전혀 도움이 되지 않는다. 먼저 말을 걸어주고 재잘대는 아이를 꽃이라고 한

다면, 상상력이 고갈되어 같은 말을 되풀이하는 어른은 메아리일 것이다.

먼저 말을 걸어주는 꽃과는 달리 앞선 사람의 말만을 되풀이하는 메아리는 진정한 관계 맺기에 어려울 수밖에 없다. 어린 왕자는 메아리를 향해 외로움을 표현해 보지만 외롭긴 메아리도 마찬가지다. 진정한 친구가 되기 위해서는 먼저 이름을 부르는 수고를 해야 하는 것이다.

메아리와는 달리 먼저 다가와 말을 걸고 악수를 청하고 이름을 불러주는 아이 같은 꽃의 존재는 김춘수의 시 〈꽃〉에서도 잘 나타난다. 하나의 몸짓에 불과하던 것이 이름을 부르는 순간 꽃이 되는 것이다.

그의 이름을 부르면 그는 나에게 꽃이 된다. 이름을 부른다는 것은 관계가 새로운 국면으로 접어들었다는 의미다. 어린 왕자가 자기 별에서 우연히 만난 꽃을 돌보고 가꾸기 시작했을 때, 즉 그 이름을 불러 주었을 때 다른 식물들과는 전혀 다른 의미로 다가선다. 그리고 이제 어린 왕자와 꽃은 서로의 이름을 불렀으므로 서로에게 잊을 수 없는 특별한 의미를 갖게 된 것이다.

〈꽃〉

내가 그의 이름을 불러 주기 전에는
그는 다만
하나의 몸짓에 지나지 않았다.

내가 그의 이름을 불러 주었을 때
그는 나에게로 와서
꽃이 되었다.

내가 그의 이름을 불러 준 것처럼
나의 이 빛깔과 향기(香氣)에 알맞는
누가 나의 이름을 불러다오.
그에게로 가서 나도
그의 꽃이 되고 싶다.

우리들은 모두
무엇이 되고 싶다.
너는 나에게 나는 너에게
잊혀지지 않는 하나의 의미가 되고 싶다.

김춘수, 〈꽃의 소묘(素描)〉, 백자사, 1959

20
장미꽃 정원

어린 왕자는 모래와 바위와 눈 가운데를 오랫동안 걷고 난 끝에 드디어 길을 하나 발견한다. 길이란 서로 통하고 그리하여 "사람들이 있는 곳으로 통하기 마련이다." 모래길, 바위길, 눈길과 같은 힘든 여정을 통과한 어린 왕자는 드디어 장미가 만발한 정원에 도착한다.

정원에 가득한 장미를 보는 순간 어린 왕자는 깜짝 놀란다. 모든 장미들이 자기 별의 꽃과 똑같이 생겼기 때문이다.

어린 왕자는 장미꽃들을 바라보았다. 그것들은 그의 꽃과 쏙 빼 닮았다.

"너희들은 누구야?" 깜짝 놀란 어린 왕자가 물었다.

"우리는 장미꽃이야." 장미꽃들이 말했다.

자기 별의 장미와 **빼닮은** 장미들이 지천에 널려 있는 것을 본 순간 어린 왕자는 불행한 감정이 확 밀려온다. 그의 장미꽃이 자기는 이 세상에서 오직 한 송이 뿐이라고 말했었다. 그런데 여기 와 보니 오천 송이나 되는 장미꽃이 있지 않은가. 만일 그의 장미꽃이 이 광경을 보았다면 매우 속상하고 상심했을 것이다.

'내 꽃이 이걸 보면 몹시 상심하겠네. 마구 기침을 하면서 창피스러운 모습을 보이지 않으려고 죽는 시늉을 할 거야. 그럼 난 간호해 주는 척하지 않을 수 없겠지. 그러지 않으면 내게 죄책감을 씌우려고 정말 죽어 버릴 지도 몰라……' 어린 왕자는 이렇게 생각했다.

자기 꽃이 크게 상심할 것이라는 생각은 사실은 어린 왕자 자신의 감정이 투사된 것이다. 자기 별의 장미가 세상에서 유일한 장미라고 믿었지만 그렇지 않다는 것을 확인하는 순간 어린 왕자 자신이 충격을 받고 불행해졌던 것이다.

　'유일한 꽃 한 송이를 가졌으니 부자인 줄 알았는데 그저 평범한 꽃일 줄이야. 그 꽃과 무릎까지 오는 세 개의 화산, 그중 하나는 영원히 불이 꺼져 버렸을지도 모를 그 화산을 가지고는 난 위대한 왕자가 될 수는 없어……'
　어린 왕자는 풀숲에 엎드려 울었다.

희귀성은 가치를 높인다. 다이아몬드가 지천에 깔려 있고 누구나 손쉽게 가질 수 있다면 그렇게 고가일 수 없다. 이 세상에 단 하나의 유일한 꽃이라면 그 가치는 엄청날 것이다. 그런데 재미있는 것은 장미 정원에서의 어린 왕자는 여전히 소유한 자가 부자라고 생각한다는 점이다. 이것은 네 번째 별에서 만난 사업가의 생각과 크게 다를 바 없다. 어린 왕자가 장미 정원에서 흘린 눈물은 여우를 만나기 직전이다. 그가 여섯 개의 소혹성을 여행하고 지구에서 뱀을 만나고 사막을 횡단하였지만 여우를 만나기 전까지는 여전히 완전체의 모습이 아니다. 볼품없는 꽃을 만나고 메아리 소리를 들었지만 전적인 깨달음을 얻은 것은 아니다. 그가 오천송이의 장미꽃과 자기 별의 장미꽃을 여전히 구분할 수 없었다는 것, 꽃을 소유 개념으로 생각하고 있었다는 것은 모자가 아닌 보아 뱀으로 볼 수 있는 힘을 아직은 갖지 못했다는 의미다. 그렇다면 다음 장에서 보게 될 여우와의 만남에서 어떤 일이 있었는지 궁금하지 않을 수 없다.

그런데 과연 그의 장미꽃과 정원의 오천 송이 장미꽃들은 정말 같은 장미일까? 이 물음에 대해서는 앞으로 여우가 대답해 줄 것이다. 미리 말하자면 그 장미꽃은 어린 왕자에게는 세상에 하나 밖에 없는 꽃이다. 인간이 살아가면서 모두와 관계를 맺을 수는 없다. 서로 이름을 불러주는 사람은 한정되어 있다. 이름을 부르는 그 제한적인 사람들은 나에게 꽃이 된 사람들이고 관계가 맺어진 사람들이다. 하지만 이 시점에서 이를 깨닫지 못한 어린 왕자는 자신의 장미꽃이 세상에 존재하는 오직 한 송이 꽃이라는 것을 알지 못하고 정원에 가득한 장미꽃과 차이가 없다고 생각한다.

우리는 각자에게 소중한 사람이 누구인지를 가려낼 수 있는 투시력이 있는가. 세상에는 많은 사람들로 가득하다. 그러나 그들 중 나에게 유달리 소중한 사람이 있다. 주위를 둘러보라. 나를 존재하도록 하고 나의 존재 의미를 밝혀주며 외로움에서 벗어나도록 해 주는 소중한 존재들. 그런데 혹시 나는 그들에게 모질게 굴고 있지는 않는가. 오히려 그들에게 짜증을 내고 있지는 않은가.

21
여우

드디어 어린 왕자는 여우를 만난다. 〈어린 왕자〉에서 어린 왕자와 여우가 만나는 21장은 매우 유명하고 자주 언급되는 부분이다.

장미 정원을 지나오면서 마음이 울적해진 어린 왕자는 여우를 만나자 함께 놀아줄 수 없냐고 묻는다. 그러자 여우는 미안하지만 길들여지지 않았기 때문에 함께 놀 수 없다고 말한다.

"이리 와서 나랑 놀자. 난 정말 슬퍼……"
어린 왕자가 제의했다.
"난 너랑 놀 수 없어."
여우가 말했다.
"길들여져 있지 않으니까."

길들이다(apprivoiser)는 〈어린 왕자〉의 핵심어 중 하나다. 프랑스어 사전에 'apprivoiser'는 짐승이나 새를 길들이기, 사람을 순하게 만들거나 자기편에 끌어들이기, 감정을 가라앉히거나 제어하기의 뜻이 있다. 그런데 여우는 길들이기란 '관계를 만드는 것'이라고 말한다. 서로에게 길들여진다는 것은 상대방이 이 세상에서 단 하나밖에 없는 소중한 존재가 된다는 의미인 것이다.

"'길들인다'는 게 무슨 뜻이야?" 어린 왕자가 물었다.
"그게 너무 잊혀졌어. '관계를 만든다……'는 뜻이야." 여우가 대답했다.
"관계를 만든다고?"
"그래." 여우는 말했다. "넌 아직은 나에겐 수많은 다른 애들과 다를 바 없어. 그래서 난 너를 필요로 하지 않아. 너 역시 내가 필요 없고. 너에게 난 다른 수많은 여우와 다를 바 없거든. 하지만 네가 날 길들인다면 우린 서로에게 필요한 존재가 될 거야. 넌 나에게 이 세상에서 하나밖에 없는 존재가 되고, 난 너에게 이 세상에서 하나밖에 없는 존재가 되니까……"

우리는 평생을 살아가면서 무수한 사람들과 만났다가 헤어진다. 이 만남과 헤어짐 가운데 유독 의미 있는 만남이 있다. 절친한 친구나 부부는 그 좋은 예다. 처음에 전혀 몰랐던 사람이 이제는 많은 생각과 시간을 공유하는 사이가 되었다면 그래서 세상에서 하나 밖에 없는 존재가 되었다면 그들은 서로 길들여진 것이다.

내가 한 그루의 나무를 심었다고 해보자. 그러면 그 나무는 세상의 많은 나무와는 전혀 다른 의미로 나에게 다가온다. 일상에서 매번 지나치지만 무슨 나무인지도 몰랐던 다른 나무들과는 달리 그 나무에게는 물도 주고 얼마나 잘 자라는지 관심 있게 지켜볼 것이다. 그 나무를 심은 것이 바로 나이기 때문이며 나와 그 나무 사이에 의미 있는 관계가 성립되었기 때문이다. 어린 왕자가 꽃에 대해 그토록 애착을 지니고 돌보고 괴로워하고 결국 떠날 수밖에 없었던 것도 의미적 관계가 형성되었기 때문이다. 어린 왕자의 꽃은 길들여졌기 때문에 정원에 가득 한 꽃들과는 전혀 다른 의미의 꽃이 된다. 나의 가장 친한 친구와 명동 한 복판의 엄청난 인파와는 의미가 완전히 다른 것처럼. 관계를 만드는 길들임은 정원에 만발한 꽃과 어린 왕자의 한 송이 꽃이 결코 같지 않다는 것을 말해준다. 한 송이 꽃은 길들여진 꽃이고 정원의 꽃은 길들여지지 않은 꽃이니까.

"무슨 말인지 점점 이해가 돼." 어린 왕자가 말했다. "한 송이 꽃이 있는데…… 그 꽃이 날 길들인 게 분명해……"

심심하던 여우는 어린 왕자에게 길들여 달라고 부탁한다. 그리고 여우가 어린 왕자와 길들여진다면, 지금부터 노란 밀밭이 어떤 의미가 생기는지 시적 상상력으로 아름답게 표현한다. 빵을 먹지 않는 여우는 빵의 재료가 되는 밀에게 아무런 관심도 없다. 하지만 어린 왕자와 길들여진다면 여우에게는 지금까지의 밀밭과는 전혀 다른 의미의 밀밭이 된다. 금빛으로 출렁이는 밀밭을 볼 때 여우는 바람결에 휘날리는 어린 왕자의 금빛 머릿결을 연상할 것이고 어린 왕자를 떠올릴 것이다. 금빛의 밀은 여우로 하여금 어린 왕자를 생각나게 할 것이므로 아무런 의미도 없었던 밀은 새로운 의미를 지니게 되는 것이다. 이제부터 친구를 떠올리게 하는 밀밭을 스치는 바람소리마저도 사랑스러울 것이다. 여우의 말을 들으면, 사랑하는 사람이 살고 있는 도시는 아름답다는 말이 떠오른다.

"난 좀 심심해. 하지만 네가 날 길들인다면 내 삶은 밝아질 거야. 난 다른 발자국 소리와는 구별되는 한 발자국 소리를 알게 되겠지. 다른 발자국 소리를 들으면 난 땅 밑으로 기어들어갈 것이지만 네 발자국 소리는 마치 음악처럼 나를 땅 밑 굴에서 밖으로 나오도록 불러낼 거야! 그리고 저길 봐! 저기 밀밭 보여? 난 빵은 안 먹어. 밀은 나한텐 아무 소용이 없어. 밀밭은 나에게 아무 것도 생각나게 하지 않아. 참 슬픈 일이지! 그런데 네 머리칼이 금빛이잖아. 그러니 네가 날 길들인다면 정말 멋진 일이 되는 거야! 밀도 금빛이니까 너를 생각나게 할 거거든. 그럼 난 밀밭 사이의 바람소리도 사랑하게 되겠지……"

길들이게 되면 무엇보다도 삶이 밝아진다. 밝아진다의 프랑스어 표현인 'ensoleiller'는 햇볕이 든다거나 쾌청한 날씨를 뜻하며 행복하고 명랑하다는 뜻도 담겨 있다. 즉 길들임을 하게 되면 삶이 밝아지고 쾌청해지고 행복해진다는 것이다. 또 하나는 친구의 발자국 소리를 얻게 된다는 것이다. 여우는 다른 사람의 발자국 소리를 들으면 굴속으로 숨을 것이지만 어린 왕자의 발자국 소리는 마치 음악처럼 그를 굴 밖으로 불러낼 것이다. 그래서 여우는 지금까지는 아무런 관심도 없었던 밀밭과 그 사이를 스치는 바람소리마저도 사랑할 것이다. 청각적인 즐거움 역시 길들임에서 얻는 커다란 혜택이다.

이제 그들 사이에 길들이기가 시작된다. 이것은 사람들 사이에서 길들이는 방법이기도 하다. 일단 말 없음과 시선교환이 필요하다.

여우는 침묵 속에서 오랫동안 어린 왕자를 바라본다.
"친구가 필요하다면 나를 길들여줘."
"어떻게 해야지?" 어린 왕자가 물었다.
"참을성이 많아야 해." 여우가 대답했다.
"우선 나한테 좀 떨어져서 이렇게 풀숲에 앉아 있어. 난 너를 곁눈

질해 볼 거야. 넌 아무 말도 하지 마. 말은 오해의 근원이니까. 넌 날
마다 조금씩 더 가까이 다가앉게 될 거야……"

여우는 진정한 친구를 만들기 위해서는 인내심이 필요하다는 것, 가능
한 말을 아껴야 한다는 것 그리고 공간적으로 조금씩 가까워져야 한다는
것을 말한다.

마치 운명과도 같은 존재인 좋은 친구를 만들기 위해서는 참을성이 필
요하다. 친한 친구라고 해서 언제나 좋은 관계로만 지낼 수는 없다. 좋은
친구가 되기까지는 얼마나 많은 갈등과 화해, 밀고 당김이 필요한가. 정
말 친구가 되기 위해서는 마음속의 감정이 속속들이 드러날 수 있는 극
한 상황도 필요하다. 그래서 진짜 친구가 되기 위해서는 같이 식사를 해
봐야 한다. 좀 더 발전하기 위해서는 하룻밤을 같이 지새봐야 한다. 더욱
발전하기 위해서는 함께 여행을 해봐야 한다. 그 여행이 편한 여행이 아
니라 고생스런 여행일수록 좋다. 비온 후에 땅이 굳는다는 말처럼 산전
수전을 함께 겪은 후 이를 극복했을 때 평생을 함께하는 친구가 되는 것
이다.

가능한 말을 아껴야 한다는 것도 인내심과 관련이 있다. 속내를 있는
그대로 말하는 것이 꼭 좋은 것은 아니다. 때로는 할 말과 하지 않을 말

을 가려서 하는 것이 필요하다. 오해 때문에 멀어진 친구들이 얼마나 많은가. 말과 행동거지를 조심하면서 점차 가까이 다가갈 때 좋은 친구가 될 수 있다. '보지 않으면 멀어진다'라든가 '이웃사촌'이라는 말은 공간적으로 곁에 있을 때 친구가 될 가능성이 커진다는 뜻이다. 학교, 회사에서 자주 만나는 사람과 친할 수 있는 기회가 많아지는 것은 당연하다.

다음날 어린 왕자는 그곳으로 갔다.
"언제나 같은 시각에 오는 게 더 좋아." 여우가 말했다.
"예를 들어, 네가 오후 네 시에 온다면 난 세 시부터 행복해 질 거거든. 네 시에는 흥분이 돼서 안절부절 못할 거야. 그러면 행복이 얼마나 값진 것인가 알게 되겠지! 아무 때나 온다면 몇 시에 마음의 준비를 해야 할지 모르잖아. 의례(rite)가 필요하거든."

여우의 말에는 길들임이 시간적으로 어떤 현상으로 나타나는지 잘 표현되어 있다. 길들여지게 되면 서로는 만나는 시간을 소중하게 여길 것이며 만나게 될 시간을 학수고대할 것이다. 여우는 어린 왕자에게 똑같은 시간에 와 달라고 부탁한다. 그 시간이면 어김없이 만날 수 있는 친구를 기다린다는 것은 정말 행복한 일이다. 그 설렘의 시간, 마음의 준비를 하는 시간이야 말로 길들임이 가져다주는 행복인 것이다.

여우는 의례를 언급한다. 종교적인 의식을 뜻하거나 일상에서 예식 또는 일종의 관습을 뜻하는 의례는, 서로 간에 말은 없지만 꼭 지켜야 하는 특별한 약속이라 할 수 있다.

여우는 의례의 재미있는 예를 제시한다. 여우와 사냥꾼과 마을의 처녀들 사이에는 말로 약속한 적은 없지만 목요일이 서로 간에 신나는 날로 알고 있는 것이다.

"의례가 뭐야?" 어린 왕자가 물었다.
"그것도 너무 자주 잊혀 있어." 여우가 말했다.
"그건 어느 하루를 다른 날들과 다르게 만들고, 어느 한 시간을 다른 시간들과 다르게 만드는 거야. 예를 들어 내가 아는 사냥꾼에게도 의례가 있어. 그들은 목요일마다 마을의 처녀들과 춤을 춰. 그래서 나한테 목요일은 신나는 날이야! 포도밭까지 산보할 수 있으니까. 사냥꾼들이 아무 때나 춤을 춘다면, 하루하루가 모두 똑같이 되어 버리잖아. 그럼 난 전혀 휴가도 없게 될 거고……"

이제 어린 왕자와 여우는 서로 길들여진 관계가 되었고 어린 왕자는 다시 떠나야 한다. 어찌 되었던 간에 만남은 즐겁지만 헤어짐은 슬프다. 특히 길들여진 상태에서 헤어짐은 이별을 넘어 좀 더 깊은 감정이 스며

있는 작별이 된다. 어린 왕자가 자기 별을 떠날 때도 작별의 감정을 느꼈던 비밀은 바로 길들임에 있었다. 그렇다면 이렇게 슬픈 작별의 순간이 언젠가는 다가오는 것이라면 과연 길들임이 필요한 것일까? 어린 왕자는 여우에게 길들임에서 얻은 게 무엇인지 묻고 여우는 다시 한 번 밀밭을 이야기한다.

"넌 얻은 게 아무 것도 없잖아!"
"얻은 게 있지. 저 밀 색깔이 있잖아." 여우가 말했다.

그렇다면 어린 왕자는 길들임으로 인해 얻은 것이 무엇일까? 여우는 어린 왕자에게 정원의 오천송이 장미꽃을 다시 보기를 권한다.

"다시 가서 장미꽃들을 봐. 네 꽃이 이 세상에 오직 하나뿐이란 걸 알게 될 거야."

어린 왕자가 여우와의 만남에서 얻은 핵심은 바로 이것이다. 이제부터 어린 왕자는 정원의 장미꽃 무리에 대해 전혀 다른 시각을 갖게 된다. 여우의 말처럼 그들은 결코 자기 별의 장미꽃과 같지 않다는 것을 알게 된 것이다.

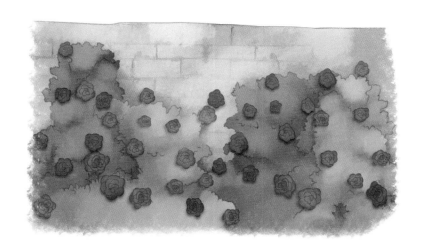

 "너희들은 내 장미꽃과 하나도 닮지 않았어. 너희들은 아직은 아무
것도 아니야." 어린 왕자는 장미꽃들을 보며 이렇게 말했다.

 "아무도 너희들을 길들이지 않았고 너희들 역시 아무도 길들이지
않았어. 너희들은 예전의 내 여우와 같아. 그는 수많은 다른 여우들
과 똑같은 여우일 뿐이었어. 하지만 내가 그를 친구로 만들었기 때문
에 그는 이제 이 세상에서 오직 하나뿐인 여우야."

그렇다. 세상의 엄청난 사람들 가운데 나와 길들여진 사람만이 나와 관계맺음이 이뤄진다. 오랜 시간을 함께 보내면서 많은 사연을 만들어냈기 때문이다. 오래된 부부는 그들이 함께 만든 사연으로 박물관을 만들 정도다. 두 사람이 만들어낸 이야기는 어느 누구와도 공유할 수 없는 길들임의 결과다. "장미가 그토록 소중하게 된 것은 장미에게 소비한 시간 때문"이라는 여우의 말처럼, 나의 시간을 소비한 것에 비례하여 그는 나에게 소중한 존재가 된다. 그리하여 그 소중한 존재를 위해서는 나의 목숨도 아깝지 않게 된다. 어린 왕자는 한 무더기 피어있는 정원의 장미들에게 말한다.

"너희들은 아름답지만 텅 비어있어. 누가 너희들을 위해 죽을 수 없을 테니까. 물론 내 장미도 지나가는 행인에겐 너희들과 똑같이 보일거야. 하지만 나에게 그 꽃 한 송이는 너희들 모두보다 더 소중해. 내가 물을 주었기 때문이야. 내가 벌레를 잡아 준 것(나비를 위해 두세 마리 남겨둔 것 말고)도 그 꽃이기 때문이야. 불평을 하거나 자랑을 늘어놓는 것을, 또 말없이 침묵을 지키는 것을 내가 귀 기울여 들어 준 것도 그 꽃이기 때문이지. 그건 내 꽃이기 때문이야."

다시 만난 여우는 어린 왕자에게 하나의 비밀을 알려준다.

"내가 비밀 하나를 알려 줄게. 아주 단순해. 오로지 마음으로 보아야 잘 보인다는 거야. 중대한 것은 눈으로는 보이지 않아."

여우의 이 말은 〈어린 왕자〉 전체를 관통하는 주제다. 어른들이 코끼리를 삼킨 구렁이를 그저 모자로 본 것은 마음이 아닌 눈으로 보았기 때문이다. 어른이란 외적인 모습에 현혹되어 정작 중요한 것을 놓쳐 버린 사람이다. 진짜 중요한 것이 무엇인지 알지 못하고 눈앞의 이익에만 급급한 왕, 사업가, 허영장이, 술꾼 같은 사람인 것이다.

길들임의 의미 파악이 이론적으로만 이루어진 것이 아니라 실제적 체현으로 이루어졌다는 사실 또한 중요하다. 어린 왕자와 여우는 마치 역할연기를 하듯 길들임을 연기한다. 매일 같은 시간에 침묵 속에서 조금씩 공간적으로 접근하는 식이다. 이론과 체현을 통해 길들임에 대해 완전하게 이해하게 된 어린 왕자는 새로운 어린 왕자로 거듭난다. 완전히 치유되어 무결점의 존재가 된 것이다. 이제야 비로소 어린 왕자는 마음으로 볼 수 있게 되고, 보이는 것보다 보이지 않는 것이 더욱 중대하다는 것을 알게 된다.

　여우의 굴 그림은 흥미롭다. 사과나무가 언덕의 맨 꼭대기에 우뚝 서 있고 나무의 형태는 균형이 잘 잡혀 있다. 이러한 사과나무 밑에 있는 여우는 보리수 아래의 현자처럼 보인다. 여우는 어린 왕자에게 "말은 오해의 근원", "이 세상에 완전한 것은 없음", "중요한 것은 눈에 보이지 않음", 길들임의 의미 등을 전한다. 사과나무 밑의 여우는 원의 형상인 뱀처럼 어린 왕자에게 깨달음을 전하는 지혜자인 것이다.

여우가 말한 "상점에서는 친구를 살 수 없다"는 착상 또한 재미있다. 문제를 돈으로 쉽게 해결하려는 사람들은 친구도 돈으로 살려고 할 것이다. 하지만 그렇게 해서 생긴 친구는 돈이 사라지면 그 역시 사라진다. 이제 길들여진 어린 왕자와 여우는 서로를 진심으로 이해하게 된다. 아무리 지갑이 두둑해도 어디에서도 구할 수 없는 진실한 친구가 된다.

"우린 길들인 것만 알 수 있어." 여우가 말했다. "사람들은 전혀 알려고 하지 않아. 그들은 상점에서 이미 만들어져 있는 것들을 사거든. 하지만 친구를 파는 상점은 없으니까 더 이상 친구가 없는 거지."

그러므로 우리의 인생이 행복해지기를 바란다면, 삶이 의미로 넘쳐나기를 바란다면, 사랑하는 사람이 곁에 있기를 바란다면, 우리는 언제든지 관계 맺기를 시도해야 하며 한시도 길들이기를 게을리 해서는 안 될 것이다.

22
전철수

여우와 헤어진 어린 왕자는 이제 새로운 시각으로 세상을 바라보게 된다. 새롭게 태어난 그가 만난 첫 번째 사람은 철도에서 선로변경 통제를 하는 전철수다. 그는 수많은 승객을 싣고 가는 열차를 그들의 목적지에 따라 오른쪽 혹은 왼쪽으로 보낸다. 사람들을 가득 실은 급행열차들이 굉음을 내며 오가는 모습을 보며 어린 왕자가 묻는다.

"저 사람들은 몹시 바쁘네. 저들은 뭘 찾고 있어?" 어린 왕자가 물었다.
"기관사 자신도 몰라." 전철수가 말했다.
그러자 반대 방향에서 두 번째 불을 밝힌 급행열차가 소리를 냈다.
"그들이 벌써 오는 거야?" 어린 왕자가 물었다.

"아까 그 사람들은 아니지. 서로 엇갈리는 거야."

"그들은 있던 곳에서 만족하지 않았나 보지?" 어린 왕자가 물었다.

"사람들은 자신이 있는 곳에서는 만족하지 않아." 전철수가 말했다.

이들의 대화는 사막에서 만난 볼품없는 꽃과의 대화와 비슷하다. 인간이란 목적지가 어딘지도 모르면서 분주하게 오가는 참 안 된 존재다. 또 자신이 있는 곳, 자신이 속한 곳에서 만족할 줄 모르고 항상 떠다닌다.

우리의 주위에도 산더미처럼 쌓여있는 일에 치우쳐 정작 중요한 것을 놓치는 사람, 불분명한 목적지를 향해 쉬지 않고 움직이는 사람들이 많다. 그들은 정작 자기가 속해 있는 곳, 지금 이곳이야말로 가장 행복한 순간이며 행복한 장소라는 것을 모른다. 이는 현실에 안주하라는 것이 아니다. 벨기에 극작가 마테를링크(Maeterlinck)가 희곡 〈파랑새〉에서 말한 것처럼 행복은 가까이 있고, 마음속에 있으며, 스스로 만들어가는 것이라는 의미다.

벨기에 극작가 모리스 마테를링크의 희곡 〈파랑새〉(L'Oiseau bleu)는 1908년 발표되었다. 6막 10장으로 구성된 아동극으로 매우 몽환적이다. 이 극작품은 같은 해 러시아의 배우이자 연출가인 스타니슬라프스키에 의해 모스크바 예술극장에서 초연되었다.

크리스마스 전야에 틸틸(Tyltyl)과 미틸(Mytyl) 남매는 아픈 딸을 위해 파랑새를 찾아달라는 요술 할멈의 부탁을 받고 파랑새를 찾아 꿈 속 여행을 떠난다.

추억의 나라에 도착한 두 아이는 이미 세상을 떠난 할머니 할아버지 그리고 형제들을 만난다. 또 밤의 궁정에서는 공포와 병, 전쟁의 모습을 보게 된다. 밤의 궁정에서 파랑새를 붙잡지만 햇볕을 받자 그만 죽어 버린다. 남매는 숲 속에서 자연의 힘을 경험하고, 묘지에서는 죽음이 삶을 찬양하는 소리도 듣는다. 두 아이는 행복의 왕국에서 건강, 지혜, 자유, 사랑을 만나 파랑새가 어디에 있는지 묻지만 웃음거리가 되고 만다. 미래의 나라에 도착한 그들은 아직 태어나지 않은 아기들의 이야기와 그들의 아름다운 미래를 듣는다.

두 아이는 빈 손으로 잠에서 깨어난다. 그런데 그 동안 집안에 있던 새장 속의 새를 비둘기로 생각하고 있었는데 사실은 파랑새였다는 것을 알아차리게 된다. 아이들이 파랑새를 요술 할멈의 아픈 딸에게 가져다주자 딸이 병에서 회복된다. 그런데 틸틸이 파랑새에게 모이를 주려하자 할멈의 딸과 함께 훨훨 날아간다.

이렇듯 두 아이는 파랑새를 찾아 먼 길을 여행하지만 결국에는 자신들의 새장 안에 있었다는 것을 깨닫는다. 말하자면 행복은 저 멀리 우리의 손이 닿지 않는 곳에 있는 것이 아니라 바로 우리 곁에 있다는 전언을 담고 있는 것이다. 다만 우리가 그것을 알지 못할 뿐이다.

"사람들은 지상에서 자신들이 생각하는 것보다 훨씬 더 많은 행복을 만나지. 하지만 대부분의 사람들은 그것을 전혀 발견하지 못하고 있어……"

(〈파랑새〉, 지만지, 136쪽.)

세 번째의 불을 밝힌 급행열차가 우렁차게 달려왔다.

"저 사람들은 앞선 승객들을 좇는 거야?" 어린 왕자가 물었다.

"그들은 아무 것도 좇지 않아." 전철수가 말했다.

"그들은 기차 안에서 잠들어 있거나 하품을 해. 아이들만 유리창에 코를 대고 납작하게 만들고 있을 뿐."

"아이들만이 무엇을 찾고 있는지 아는 거야." 어린 왕자가 말했다.

"아이들은 누더기 인형을 위해 시간을 들여. 그래서 그들에게 아주 소중한 게 되는 거야. 그래서 인형을 빼앗으면 우는 거고……"

"아이들은 운이 좋군." 전철수가 말했다.

과연 우리는 어디를 향해 가고 있는가. 기차역이나 고속터미널에 가면 오가는 사람들로 넘쳐난다. 그들은 어떤 목적지를 향해 가고 있지만 그 목적지 또한 최종 목적지는 아닐 것이다. 〈이방인〉의 작가 카뮈는 우리가 열심히 향해 가는 그곳에는 오로지 죽음이 기다리고 있을 뿐이라고 생각하면서 인간의 삶이란 부조리하다고 했다. 그러므로 어딘가를 향해 부지런히 움직이기보다는 현재 나에게 소중한 것이 무엇인지 돌아볼 필요가 있다. 어른들이 보기에 누더기 인형은 아무 쓸모가 없는 것이지만 아이들의 눈에는 어른들의 바쁜 삶이 그다지 큰 가치가 있어 보이지 않는다.

기차나 지하철을 타면 흔히 어른들은 좌석에 등을 기댄 채 폰을 만지거나 잠을 청하지만 아이들은 몸을 돌려 차창 밖을 바라본다. 아이들이 어른보다 훨씬 호기심이 많다는 증거다. 어린 왕자의 말처럼 아이들이야말로 삶의 목적지가 어딘지를 분명하게 아는 것 같다.

인생에서 여행은 꼭 필요한 것이다. 목적지를 설정해 놓고 그에 도달하기 위해 노력하는 모습은 아름답다. 뿌리를 찾는다는 것은 한 곳에 정착한다는 것, 안주한다는 것을 의미하지 않는다. 움직이지 말라는 것이 아니다. 식물이 뿌리를 내리는 것은 굳건한 자기중심을 가져야 한다는 의미다. 뿌리가 없이 부유하는 것은 어디로 갈지 명확하지 않은 상태, 목적지가 불분명한 상태에서 움직이는 것이므로 술꾼이나 급행열차의 승객과 다를 바 없다.

어린 왕자 역시 별을 떠나 여행 중이다. 그러나 그의 여행은 부유가 아닌 뿌리 찾기의 일환이다. 뿌리 찾기의 여행이 되기 위해서는 지금 내가 무엇을 하고 있는지, 제대로 가고 있는지, 중요한 것을 놓치고 있지는 않는지 숙고해야 한다. 우리가 석양을 바라보든, 꽃이나 별을 바라보든, 어린 왕자를 만나든 어떤 계기를 통해 자신에 대해 생각할 기회를 갖는다면 삶은 훨씬 풍요롭고 행복해질 것이다.

23
알약

전철수와 헤어진 어린 왕자는 약을 파는 약장수를 만난다. 그가 파는 약은 목마름을 가라앉혀 주는 신약이다. 그 알약을 하나 먹으면 일주일 간 물을 마시지 않아도 된다. 사막을 통과하는 사람에겐 요긴한 알약일 것 같다. 어린 왕자는 목마름을 잠재우는 이 알약이 과연 필요한 것일까 생각한다.

"왜 그걸 팔아?" 어린 왕자가 물었다.

"시간을 굉장히 절약시켜 주거든. 전문가들이 계산을 해보았지. 매 주 오십삼 분씩 절약하게 되는 거야." 약장수가 말했다.

결국 이 알약은 시간을 절약하기 위한 것이다. 하긴 음식을 먹는 시간이 아깝다고 생각하는 사람도 있다. 그들은 알약 한 알을 먹으면 하루 종일 배가 불렀으면 좋겠다고 생각한다. 너무 바쁘거나 시간이 아깝다고 느껴질 때 누구나 한번쯤 생각해 봤을 것이다. 그런데 그렇게 해서 시간이 남으면 뭘 할까? 이것 또한 궁금 사항이다. 어린 왕자도 묻는다.

"그 오십삼 분으로 뭘 하지?"
"하고 싶은걸 하지……"
약장수의 말을 들으면서 어린 왕자는 '나에게 마음대로 사용할 오십삼 분이 있다면 샘을 향해 천천히 걸어 갈 텐데……'라고 생각했다.

약장수의 말처럼 일주일에 오십삼 분이 절약 되면 그 시간에 무엇을 할 수 있을까? 물론 많은 일을 할 수 있을 것이다. 학생들은 공부를 할 수 있고, 직장인들은 더 많은 일을 해서 성과를 낼 수도 있다. 사업가는 더 열심히 계산해서 더 많은 별을 사 모을 것이다. 대부분은 어떤 가시적 성과를 내기 위해 남은 시간을 사용할 것이다. 그러나 그 성과라는 것이 무엇이고 그 끝이 있을까를 생각해 보면, 과연 그런 식의 시간 절약이 가치가 있는 것일까 하는 의문이 든다. 오히려 알약으로 목마름을 해소하려는 그들은 갈증을 해소시켜 주는 한 모금의 시원한 물이 목 줄기를 타고 넘어가는 그 상쾌함을 느낄 줄도 모르고, 마시는 즐거움을 알지 못하는 불행한 사람이 아닐까. 먹는 시간을 아까워하는 사람은 절대로 맛있는 음식으로부터 전해오는 진한 행복감을 느낄 수 없는 것처럼 말이다. 어린 왕자는 오십삼 분이 주어진다면 샘을 찾아 여유 있게 걸을 것이라고 말한다. 샘을 찾아가는 시간은 산책의 시간이자 사색의 시간이며 좀 있으면 마시게 될 시원한 물맛을 기대하는 시간이다.

알약을 파는 약장수의 모습에서 과연 우리는 무엇을 위해 살아가는가 생각해 본다. 우리 또한 시간을 절약해서 표면적 성과를 내려고 하지는 않은가? 맛있는 음식을 먹으며 행복해 하는 대신 불안과 초조 속에서 지나치게 서두르고 있지는 않은가?

24
중요한 것은 보이지 않는다

이 장에 이르면 이야기는 다시 화자의 시점으로 되돌아간다. 화자인 조종사가 사막에 불시착한지 벌써 일주일 째가 되었다. 목마름을 잠재우는 알약 약장수의 이야기를 들으며 조종사는 마지막 한 방울의 물을 마신다. 사막에서 더 이상 마실 물이 없다는 것은 죽음이 코앞에 닥쳐왔다는 뜻이다. 화자는 "마실 건 없고. 샘을 향해 천천히 걸어갈 수만 있다면 나도 행복하겠다!"고 말한다. 하지만 어린 왕자는 아랑곳 하지 않는다. 오히려 그는 죽음에 대해 여유롭다.

"죽어간다 해도 친구가 있다는 건 좋은 일이야. 난 여우 친구가 있다는 게 기뻐……"

화자=조종사의 속마음을 읽은 어린 왕자는 우물을 찾아 나서기를 제안한다. 그 동안 목말라 하지 않던 어린 왕자가 목이 마르다고 한다. 어린 왕자의 목마름은 죽음이 가까워 졌다는 것을 암시한다. 죽음에 접근하면서 인간적인 감각을 되찾고 있는 것이다. 사막의 눈동자인 우물이야말로 자기 별로 되돌아가기 위한 통로일 수 있다. 그렇지만 광활한 사막에서 물을 찾는다는 것은 현실적으로 불가능에 가깝다. 괜히 사막을 헤매다가는 오히려 더 위험한 상황에 빠질 수도 있다.

"나도 목이 말라…… 우물을 찾으러 가……"

나는 피곤하다는 몸짓을 했다. 광활한 사막 한가운데에서 무턱대고 우물을 찾아 나선다는 건 당치도 않은 일이다. 그럼에도 우리는 걷기 시작했다.

몇 시간 동안을 말없이 걷고 나자 어두워지고 별들이 빛나기 시작했다. 나는 갈증 때문에 약간 열이 났으므로 마치 꿈속에서 별들을 보는 것 같았다. 어린 왕자의 말들이 내 기억 속에서 춤을 추었다.

사막을 걷던 어린 왕자는 신열에 들뜬 화자에게 하늘을 바라보며 별들이 아름답다고 말한다.

"별들은 아름다워. 꽃 한 송이 때문이야. 보이진 않지만……"

그것은 사랑하는 사람이 살고 있는 도시가 아름다운 것과 마찬가지다. 그 도시의 겉모습을 사랑해서가 아니다. 순전히 사랑하는 사람이 존재한다는 자체로 그곳이 아름다운 것이다. 밤하늘에 무수히 떠 있는 별들 가운데 어딘가에 있을 한 송이 꽃은 당연히 육안으로는 확인할 수 없다. 그러나 별은 꽃을 품고 있으므로 밤하늘의 별들 전체가 아름답다고 느껴지는 것이다. 사람도 마찬가지다. 사람이 아름다운 것은 겉모습보다는 그의 내면에서 우러나오는 향기 덕택이다. 사막이 아름다운 것도 어딘가에 우물이 있기 때문이다. 꽃, 내면, 사막은 보이지 않지만 아름다움을 결정하는 중대한 것이다.

우리의 마음에 귀를 기울여보자. 혹시 우리는 겉모습에 현혹되고 있지는 않는가. 보이지는 않지만 땅 속에 굳건하게 자리하고 있는 뿌리처럼, 그 저변에서 아름다운 빛을 발산하고 있는 근본을 소홀히 하고 있지는 않은가.

어린 왕자와 화자는 모래 둔덕에 앉는다. 그들 앞에 보이는 것은 오직 모래뿐이다. 아무 소리도 들리지 않는다. 그런데 화자는 고요한 침묵 속에서 빛나는 것이 있음을 알아차린다.

사막에서는 모래 언덕에 앉아 있으면 아무 것도 보이지 않고 아무

소리도 들리지 않는다. 그러나 침묵 속에서 무엇인가 빛나는 것이 있다.

"사막이 아름다운 것은 어딘가에 샘을 감추고 있기 때문이야……"
어린 왕자가 말했다.

사막의 그 신비로운 빛남에 무엇인가를 갑자기 깨닫게 되자 난 흠칫 놀랐다.

어린 왕자가 하는 말을 들으며 화자는 어린 시절에 살았던 집을 떠올린다.

내가 어렸을 때 우리는 오래된 집에 살고 있었다. 전해 오는 이야기에 의하면 그 집에는 보물이 감춰져 있다는 것이다. 물론 그것을 발견한 사람은 아무도 없었고, 그것을 찾으려 든 사람도 없었던 것 같다. 그런데도 그 보물로 인하여 집 전체는 매력이 넘쳐났다. 우리 집은 저 깊숙한 곳에 보물을 감추고 있었던 것이다……

그리하여 화자의 머릿속에 하나의 진실이 섬광처럼 스쳐간다. 가장 아름답고 소중한 것은 보이지 않는다는 것이다. 집 안의 보물이 그러하듯, 빛나는 별들 가운데 어딘가에 있을 꽃이 그러하듯. 그러나 보이지 않는 그것으로 인해 집, 하늘, 세상은 환하게 빛나는 것이다.

"그래. 집이건 별이건 사막이건 그들을 아름답게 하는 건 보이지 않는 거야!"

화자는 잠든 어린 왕자를 안고 다시 걷기 시작한다. 그는 바야흐로 꿈을 꾸는 것처럼 가슴 속에서 감동의 물결이 요동친다. 그것은 사막에서 배고픔과 탈수증이 생겨났을 때 눈앞에 아른거리는 신기루일 수도 있다. 화자는 쉽게 부서지는 보물을 안고 가는 느낌으로 어린 왕자를 바라보며 어린 왕자가 여우와의 만남에서 깨달았던 진리를 되뇐다.

"여기 보이는 건 껍질뿐이야. 가장 중요한 건 보이지 않아……"

껍질이란 화자가 지각하는 모든 것들, 사막, 달빛, 그리고 자신과 어린 왕자의 몸도 포함된다. 이러한 깨달음은 마지막에 어린 왕자의 몸이 사라질 때 그것이 실은 죽는 것이 아니라는 것을 뒷받침해 준다. 중요한 것은 보이지 않는다는 것을 진심으로 이해하게 된 화자는 안겨 있는 어린 왕자를 보며 감동에 젖는다.

"이 잠든 어린 왕자를 보며 내가 감동을 느끼는 것은 꽃 한 송이에 대한 변함없는 사랑, 잠들어 있을 때도 램프의 불꽃처럼 그의 마음에서 빛나고 있는 한 송이 장미꽃의 형상 때문이야……"

잠든 어린 왕자를 안고 걸으면서, 화자는 점차 어린 왕자와 하나가 된다. 겉모습뿐만이 아니라 내적인 전체에 이르기까지 동체(同體)가 된다. 어린 왕자가 그 동안 겪었던 경험들, 만남들 그리고 그로부터 얻은 깨달음이 남김없이 화자에게 전해 온다. 그 결과 화자(어린 왕자)는 어린 시절에 살았던 집(별)의 보물(꽃)을 기억해 낸다. 그 집은 보물이 있었기에 안락하고 행복한 가족의 보금자리였다. 화자는 잠들어 있는 어린 왕자의 모습을 보며 그 마음에 한 송이 꽃이 피어나고 있음을 본다. 사실은 자신의 마음에 한 송이 꽃이 피어나고 있었다. 이렇게 해서 드디어 보이지 않는 것을 볼 수 있게 되었을 때 화자 앞에 기적이 일어난다. 별들이 비추는 어둠 속을 거닐다가 동틀 무렵 우물을 발견하게 된 것이다. 광활한 사막에서 우물의 발견, 그것은 눈을 감을 때 비로소 성취될 수 있었던 것이다.

먼 동이 터오는 시간은 어린 왕자와 화자가 처음 만난 시간이기도 하다. 또 어둠에서 밝음으로의 전환은 화자의 깨달음의 시간이기도 하다. 어둠 속을 헤매던 그가 무엇인가를 알아차림으로써 환한 빛을 발견하게 되는데, 그것은 바로 생명수를 담고 있는 우물이었다.

25
신비한 우물

그들이 발견한 우물은 신비하기 짝이 없다. 사막 한 가운데서 있는 우물이라고는 도저히 믿기지 않는 일반 마을에서나 볼 수 있는 우물이다. 도르래, 물통, 밧줄이 다 준비되어 있는 우물을 보면서 화자는 마치 꿈을 꾸는 것 같다.

우리가 도달한 우물은 사하라의 우물과는 달랐다. 사하라의 우물은 모래에 파 놓은 단순한 구멍 같은 것이다. 그 우물은 마을 우물과 비슷했다. 그러나 그곳엔 마을이라곤 없었다. 난 꿈을 꾸는 게 아닌가 싶었다.

"이상하군." 내가 어린 왕자에게 말했다.

"모든 게 갖추어져 있잖아. 도르래, 물통, 밧줄……"

"어린 왕자는 웃으면서 줄을 잡고 도르래를 잡아 당겼다. 그러자 오랫동안 바람이 잠을 자고 있을 때 낡은 풍차가 삐걱 이듯 도르래가 삐걱 거렸다."

화자는 소리를 내는 도르래에서 길어 올린 물을 어린 왕자에게 마시도록 하였다. 두레박을 어린 왕자의 입술로 가져가자 그는 눈을 감고 물을 마셨다. 몸으로 물을 흡수하는 어린 왕자를 바라보며 화자 자신도 온 몸에 전율이 흐르는 것을 느꼈다. 그 역시 물을 마시는 것 같았다. 눈을 감고 물을 마시는 어린 왕자는 마치 성스런 의식을 치르는 사제의 모습이다. 물을 갈망하는 입술과 물과의 만남, 그 충족의 짜릿함은 일생을 통해서도 흔하지 않다. 어린 왕자를 통해 간접적으로 물을 흡입한 화자는 이번엔 자신의 입술을 축인다. 그러자 그에게 어린 시절 크리스마스 선물과 자정미사의 음악과 사람들의 미소와 부드러움 속에서 황홀했던 순간들이 떠오른다. 이 장면은 마치 과거의 어떤 시간과 현재가 중첩되는 인상을 준다. 화자가 여섯 살 때쯤 받았을지도 모를 크리스마스 선물이 전해준 황홀경처럼 메마른 입술을 축여주는 물은 똑 같은 쾌감을 감각 전체로 전해 준다. 물맛으로 촉발된 입술과 혀의 미각, 현란한 크리스마스 트리의 시각, 도르래의 노랫소리와 자정미사의 청각은 여섯 살 적 화자인 어린 왕자와 어른인 화자를 동일한 감각의 차원으로 인도하고 있다. 화자가 어린 왕자를 안고 걸음으로써 동체가 되었다면 이번에는 신비로운 물맛을 통해 그들은 감각과 정신적으로 일체(一體)가 된다.

나는 두레박을 들어 올려 그의 입술에 댔다. 그는 눈을 감고 물을 마셨다. 축제처럼 즐거웠다. 이 물은 음료와는 달랐다. 이 물은 별빛

아래서의 행진과 도르래의 노래와 내 두 팔의 노력으로 태어난 것이었다. 이 물은 선물처럼 마음을 즐겁게 해 주었다. 크리스마스트리의 불빛과 자정미사의 음악과 미소의 부드러움이 내가 어렸을 때 받은 크리스마스 선물처럼 반짝였다.

한 모금의 물에서도 이처럼 시공간을 초월하는 황홀한 느낌을 받을 수 있다. 갈증을 해소하기 위해서는 계곡에서 쏟아지는 엄청난 양의 물이 필요한 것은 아니다. 사막에서의 힘든 걸음걸이, 심한 갈증, 두 팔로 물을 길은 노력의 결과로 황홀경은 얻어진다. 알약으로는 도저히 경험할 수 없는 것이 바로 이런 것이다. 우리가 일상에서 바라는 물질적 풍요로움이 과연 우리의 욕망을 아낌없이 채워줄 수 있는가. 우리가 일생을 걸쳐 갈구하고 노력하고 괴로워하며 그토록 줄기차게 추구하는 것이 과연 무엇인가. 사하라 사막에서 한 모금의 물을 마시고 난 화자는 불현듯 삶에서 정말 중요한 것이 무엇인가를 깨닫는다. 그는 고립무원의 사막에 불시착했다는 현실을 까마득히 잊어버리고, 동 터오는 사막에서 꿀 빛으로 변하는 모래를 보면서 행복감에 젖는다. 이 순간 괴로워할 일이 과연 무엇이란 말인가. 그가 사막의 신비로운 우물에서 마신 물은 마치 원효가 마신 깨달음의 물이었던 것이다.

원효는 간밤에 갈증을 시원하게 해결해 주었던 어둠 속의 물이 아침에 일어나 보니 구역질나는 해골 물이었다는 충격적 사실에서 커다란 깨달음을 얻는다. 이로부터 원효는 '세상 모든 것이 마음에 달렸다(一切唯心造)'고 말한다. 마음먹기에 따라 세상은 달라진다는 것이며, 눈으로 보는 것보다는 마음으로 보아야 비로소 보인다는 것이다. 원효의 사상과 어린 왕자의 전언은 너무나도 닮은꼴이다.

꼭 깨달음의 물이 아니더라도 우리는 일상에서 종종 물의 맛에 차이가 있음을 경험한다. 뜨거운 한 여름, 정말로 목이 탈 때 마시는 한 잔의 시원한 물은 여느 때의 물맛과는 다르다. 입술을 촉촉이 적시는 물맛은 몸 전체를 만족감으로 가득 채운다. 우리는 종종 평소에 느끼지 못하던 것들을 어떤 조건 속에서 갑자기 체험하는 수가 있다. 우연한 한 잔의 물에서 행복함을 느낄 수 있다는 것은 인생의 비밀이다. 이러한 느낌은 일부러 찾아 나선다고 찾아지는 것도 아니다. 그렇지만 만일 우리가 석양을 바라보거나 꽃향기를 맡거나 밤하늘의 별을 바라보는 시간을 가질 수 있다면, 어느 순간 한 송이의 꽃이나 한 모금의 물에서 그 비밀을 발견할 수 있지 않을까. 물 한 모금의 어떤 비밀, 마음으로 봐야 한다는 비밀을 알아채는 순간 화자는 모든 것이 편해진다. 모든 것이 충족된다. 그는 해 돋는 사막을 보며 행복감이 밀려오는 것을 느낀다. 지금 이 순간 괴로운 것은 아무 것도 없었던 것이다.

"이곳 사람들은 정원에서 장미꽃을 오천 송이나 기르지만…… 그들이 찾는 것을 발견 못해……" 어린 왕자가 말했다.

"그래. 발견하지 못해." 내가 대답했다.

"그렇지만 그들이 찾는 것은 한 송이의 꽃이나 물 한 모금에서 발견할 수도 있어……"

"물론이지." 내가 대답했다.

"그러나 눈은 보지를 못해. 마음으로 찾아야 해." 어린 왕자가 덧붙였다.

난 물을 마셨다. 편히 숨을 쉬었다. 해가 뜨면 모래는 꿀 빛깔을 띤다. 나는 그 꿀 빛깔에도 행복했다. 괴로워할 필요가 어디 있겠는가……

진리를 온 몸으로 체험하는 순간은 종종 이별을 준비하는 시간이기도 하다. 클라이맥스는 대단원의 막을 준비한다. 어린 왕자는 내일이면 지구에 온지 일 년이 되는 날이라고 말한다. 그는 정확히 그 날에 맞춰 자신이 떨어진 장소로 향하고 있었던 것이다. 말하자면 어린 왕자는 시공간적으로 동일점을 향해 나아가고 있었다. 그것은 원을 그리듯 시작과 끝이 일치하는 순환의 형태다. 태어난 곳으로 다시 되돌아가는 죽음의 형태, 그것이 윤회가 아니고 무엇이겠는가.

"내가 지구에 떨어진 지…… 내일이면 일 년이 돼……"

잠시 침묵하던 어린 왕자가 다시 말을 이었다.

"이 근처에 떨어졌어……"

어린 왕자는 얼굴을 붉혔다.

나는 다시 까닭을 알 수 없는 이상한 슬픔이 솟구쳤다. 한 가지 의문이 떠올랐다.

"그럼 일주일전 우리가 만난 날 아침, 사람 사는 고장에서 수천 마일 떨어진 여기서 네가 혼자 걷고 있었던 것은 우연이 아니었네. 떨어진 곳으로 돌아가고 있었던 거야?"

어린 왕자는 다시 얼굴을 붉혔다.

화자는 마음이 불안해졌다. 그들의 헤어짐이 단순한 헤어짐이 아닌 작별이 될 것이기 때문이다. 그들의 관계는 어느 덧 노래하는 깊은 우물처럼 길들임의 관계가 되어 있었다. 화자는 어린 왕자와의 작별로 인해 깊은 슬픔에 잠길 것을 예감한다.

나는 안심이 되지 않았다. 여우 생각이 났다. 길들여졌을 때는 좀 울게 될 염려가 있는 것이다.

26
이별

꼬리를 물고 있는 뱀(우로보로스. 17장 참조)은 탄생과 죽음을 하나의 원으로 통합시킨다. 어린 왕자는 뱀을 만나 원래의 곳으로 돌아가고 싶다고 말한다. 그 노란 뱀은 한 번 물리면 삼십초 만에 생명을 잃는 치명적인 독을 가지고 있다. 그런 뱀에게 물림으로써 자기 별로 돌아간다는 것은 죽음을 뜻한다. 그런데 어린 왕자에게 있어 죽음은 사라지는 것이 아니다. 그는 뱀에게 부탁하여 자기 별로 돌아가려 한다.

"네 독은 좋은 거야? 오랫동안 날 아프게 하지 않을 자신 있어?"

앞의 그림은 수직성이 한껏 강조되어 있다. 원 모양의 똬리를 틀고 있는 뱀은 머리를 하늘로 향하고 있고 그 위에 어린 왕자가 앉아 있다. 이 수직성은 장차 어린 왕자가 하늘의 별로 상승할 것을 보여준다. 왼쪽에 서 있는 나무 역시 상승의 기운을 덧붙여 준다. 눈 맞춤을 하고 있는 어린 왕자와 뱀은 아마도 길들이기를 하는 중일 것이다.

그런데 왔던 곳으로 되돌아감은 어린 왕자에게만 해당되는 것이 아니다. 화자 역시 비행기 모터를 수리하여 되돌아갈 수 있게 되었다. 어린 왕자는 자기 별로, 조종사는 자기 공동체로 되돌아갈 것이다. 어린 왕자의 귀환은 죽음을 통해 이루어지고 조종사의 귀환은 죽음에서 삶의 형태로 이루어질 것이다. 그렇지만 이들에게 삶과 죽음은 큰 차이가 없어 보인다. 그냥 각자의 집으로 돌아가는 것이니까.

"아저씨가 비행기를 고치게 돼서 기뻐. 아저씨 집으로 돌아갈 수 있겠네……"
"그걸 어떻게 아니?"
뜻밖에도 비행기를 고치게 되었다고 막 알리려던 참이 아니었던가!
어린 왕자는 내 물음에는 대답하지 않고 덧붙였다.
"나도 오늘 집으로 돌아가……"

각기 돌아가려는 집이란 무엇일까? 어린 왕자에게 집은 꽃이 있는 별이고 화자의 집은 가족이 모여 사는 장소. 사랑하는 사람이 있는 안식처인 것이다. 그런데 어린 왕자의 경우를 생각해 보면 집의 개념이 확대된다. 죽음도 집으로 돌아가는 행위가 되는 것이다. 그래서 죽음을 영원한 잠이나 휴식을 뜻하는 영면(永眠)이라거나 흙에서 와서 흙으로 되돌아가는 것으로 표현하는 것이다.

그들은 이별은 준비하며 속삭인다. 어린 왕자는 화자가 그려준 양 이야기를 하고 화자는 어린 왕자의 웃음소리를 듣고 싶다고 말한다. 어린 왕자는 다시 한 번 중요한 것은 보이지 않는다는 것을 강조하고 꽃과 별, 물에 대해 이야기 한다. 이제 화자는 밤하늘의 별이 지금까지와는 전혀 다른 의미로 다가옴을 느낀다. 앞으로는 별들을 보면 행복에 젖을 것이다. 하늘을 점점이 수놓은 별들 사이 어딘가에 분명 사랑하는 어린 왕자의 별이 있을 테니까. 그 별에는 꽃이 피어 있을 것이고 어린 왕자와 속삭이고 있을 테니까.

"어느 별에 사는 한 송이 꽃을 사랑한다면 밤에 하늘을 바라보는 게 감미로울 거야. 별들마다 꽃이 필 테니까…… 아저씨는 밤에 별들을 바라보겠지. 내 별이 어디쯤 있는지 알려 주기엔 너무 작아. 그게 더 좋을 거야. 내 별은 아저씨한테는 여러 별 중의 하나일 테니까. 그럼 아저씬 모든 별들을 바라보는 걸 좋아할 거고…… 모든 별들이 다 아저씨 친구가 될 거야."

어린 왕자는 화자에게 선물을 주겠다고 한다. 어떤 선물일까? 사람들은 저마다 자기가 처한 상황이나 관심에 따라 별을 보는 방식이 다르다. 이를테면 여행가에게 별은 길잡이가 되고, 천문학자에게는 연구 대상이 되며, 사업가에게는 금 같은 재산이 된다. 별에게 관심이 없는 사람에겐 그저 조그만 빛일 뿐이다. 하지만 이런 식의 별이란 일방적인 대상 밖에 되지 못한다. 대상일 뿐인 별은 사람들에게 침묵으로 일관한다. 그러나 이제부터 화자에게 있어 별은 색다른 의미로 다가서게 될 것이다. 화자는 어린 왕자와 길들여진 관계가 되었으므로, 하늘을 바라보며 어딘가에 있을 그의 별을 기대할 것이다. 어디선가 환하게 빛나고 있을 어린 왕자의 별은 화자를 향해 웃고 있을 것이기에, 화자는 남들과는 달리 웃는 별을 가지게 될 것이다. 침묵하는 별이 아닌 웃는 별, 이것이 어린 왕자의 선물이었던 것이다.

"사람들은 저마다 다른 별들을 가지고 있어. 여행하는 사람에겐 별은 길잡이야. 또 어떤 사람들에겐 그저 조그만 빛에 지나지 않아. 학자들에겐 연구의 대상이고, 내가 만난 사업가에겐 금이야. 하지만 이 모든 별들은 침묵을 지키고 있어. 아저씬 누구도 갖지 못한 별을 갖게 될 거야…… 밤에 하늘을 바라 볼 때면 내가 그 별들 중 어딘가에 살고 있을 테니까, 내가 그 별 들 중 어딘가에서 웃고 있을 테니까, 모든 별들이 다 아저씨에겐 웃고 있는 것처럼 보일거야. 아저씬 웃을 줄 아는 별들을 갖게 되는 거야!"

진정으로 사랑하는 사람과 헤어지면 한 동안 슬픔으로 가득하다. 그러나 슬픔이 가시고 나면 그 사람을 알게 되었다는 사실이 기쁨으로 다가온다. 떠남이 복잡한 심정을 만들어 내고 분노와 원한으로 남는다면 그건 진정한 관계가 아니었다는 뜻이다. 이득과 필요에 따른 관계였던 것이다. 떠났음에도 서로를 그리워하며 친구가 될 수 있는 것은 이별의 슬픔이 주는 하나의 선물이다. 그래서 어린 왕자가 선물한 웃을 줄 아는 별은 경쾌한 웃음소리를 내는 조그만 방울이 된다.

"그래서 아저씨 슬픔이 가라앉으면 (슬픔이란 언제나 가라앉게 마련이야) 날 알았던 것을 기뻐할 거야. 아저씬 언제나 나의 친구로 있을 거야. 나와 함께 웃고 싶을 거고. 그래서 이따금 즐거움을 위해 창문을 열거야…… 아저씨 친구들은 아저씨가 하늘을 바라보며 웃는 걸 보고 좀 놀랄 거야. 그럼 이렇게 말하겠지. '그래, 별들을 보면 항상 웃게 돼!' 그들은 아저씨가 미쳤다고 생각할 거야. 내가 아저씨에게 못할 짓을 한 거네……"

그리고 어린 왕자는 다시 웃었다.

"아저씨에게 별들이 아닌 웃을 줄 아는 조그만 방울들을 잔뜩 준 셈이네……"

길들임의 관계는 일방적이 아니다. 화자가 조그만 방울들을 잔뜩 갖게 된 만큼 어린 왕자 또한 화자를 기억하며 사막에서 마셨던 물맛을 기억할 것이다.

"정말 재미있겠다! 아저씬 오억 개의 작은 방울들을 갖게 되고 난 오억 개의 샘물을 갖게 될 테니까……"

치명적인 독사에게 물리는 건 죽음이다. 뱀에 물려 쓰러지는 어린 왕자의 모습이 화자의 눈에는 죽는 것처럼 보인다. 하지만 어린 왕자는 그것이 죽음이 아니라고 말한다. 껍질인 몸을 가져가기에는 너무 무겁다는 것이다. 지상에서 육체적 삶을 살다가 육체를 벗고 영혼이 천국으로 올라간다는 기독교 이념과 흡사하다. 어린 왕자는 죽은 몸이란 뱀이 허물을 벗듯 낡은 껍데기에 불과하다고 말한다.

"아저씨가 잘못 생각했어. 마음이 아플 텐데, 내가 죽는 것처럼 보일거야. 죽는 게 아닌데……"

나는 아무 말도 하지 않았다.

"아저씨도 알잖아. 거긴 너무 멀어. 이 몸뚱이를 가져갈 순 없어. 너무 무거워…… 그건 버려진 낡은 껍데기 같은 거야. 낡은 껍데기가 슬프진 않잖아……"

"자…… 이제 다 끝났어……"

어린 왕자는 약간 망설이더니 다시 일어났다. 그는 한 발자국을 내디뎠다. 나는 꼼짝도 할 수가 없었다. 그의 발목 근처에서 한줄기 노란 빛이 반짝였다. 그는 한 순간 그대로 서 있었다. 아무 소리도 내지 않았다. 그는 나무가 쓰러지듯 천천히 쓰러졌다. 모래 때문에 소리조차 들리지 않았다.

그림에서 사막과 별 그리고 마치 나무처럼 천천히 쓰러지는 어린 왕자의 모습은 슬프지만 감동적이며 웅장하기까지 하다. 보기에 따라 그의 몸은 비상하는 것처럼 보인다. 어린 왕자의 말처럼 몸뚱이로 가기엔 별은 너무 멀다. 지상에 몸을 놔두고 떠났지만 다음 날 어린 왕자의 몸은 그 어디서도 찾을 수 없다.

어린 왕자의 귀환 방식과 관련하여 죽음이란 과연 무엇인가 생각해 볼 수 있다. 그것은 그냥 먼지처럼 사라지는 것인가, 아니면 어린 왕자처럼 원래 있던 자신의 별로 귀환하는 것인가. 종교적인 측면에서 죽음이란 새로운 세상에서의 또 다른 삶을 뜻한다. 사실 가까운 사람이 죽으면 더 이상 함께 말을 하거나 만지거나 볼 수 없기에 참으로 슬프다. 그런데 그가 비록 우리 곁을 떠났더라도 각자의 마음속에 하나의 꽃으로 피어났다면 전적으로 사라졌다고 할 수는 없다. 그렇다면 어린 왕자가 말한 "이제 다 끝났다"는 예수의 말 "다 이루었다"처럼 지상에서 몸으로 살았던 삶의 종결을 뜻하는 것이라고 하겠다. 어린 왕자는 죽음이란 자신의 별에서 사랑하는 꽃과의 새로운 삶을 위한 하나의 전제 조건이라는 사실을 몸소 보여주었던 것이다.

27
모든 것은 생각하기 나름

　화자가 사막에 불시착 사고를 당한 후, 즉 어린 왕자를 만난 후 육년이 흘렀다. 친구들은 그가 살아 돌아온 것을 매우 기뻐했다. 하지만 그는 슬픔으로 가득 차 있었다. 어린 왕자와의 이별은 그에게 깊은 슬픔을 안겨주었다. 그럼에도 그는 어린 왕자가 자기 별로 돌아갔으리라는 것을 잘 알고 있었다. 어린 왕자가 쓰러진 다음 날 날이 밝았을 때 어린 왕자의 몸은 어디에서도 찾을 수가 없었던 것이다.

　하지만 난 어린 왕자가 자기 별로 되돌아갔다는 걸 안다. 다음날 동이 텄을 때 난 그의 몸을 발견하지 못했다.

　공동체로 귀환한 화자는 새로운 버릇이 생겼다. 밤마다 별들에게 귀를 기울이는 것이다. 그것은 눈으로는 중대한 것을 볼 수 없다는 사실을 잘 알고 있기 때문이며, 별들이란 소리를 내는 작은 방울이기 때문이다.

나는 밤이면 별들의 소리 듣기를 좋아한다. 그것들은 마치 오억 개의 방울들 같다……

화자는 밤하늘의 별들을 바라보며 상상하곤 한다. 그는 자신이 그려준 양의 굴레에서 가죽 끈을 붙이는 것을 깜빡한 것이 떠올랐다. 만일 양이 어린 왕자의 별을 마음대로 돌아다닌다면 어떻게 될까? 혹시 꽃을 먹어 버리는 것은 아닐까? 이런저런 생각이 들면 걱정이 앞선다. 그러다가도 어린 왕자가 양을 잘 지키거나 꽃을 유리덮개로 덮어 놓았다면 그런 사고는 일어나지 않을 것이라는 생각에 이른다. 그러면 마음이 행복해지고 모든 별들이 부드럽게 웃는 것만 같다. 또 그러다가도 "'어린 왕자가 간혹 방심할 수 있잖아. 그럼 끝장인데! 어느 날 밤 어린 왕자가 유리덮개를 잊거나 양이 밤중에 소리 없이 밖으로 나온다면……'같은 생각이 들면 방울들은 모두 눈물로 변한다!…… 이것은 정말 커다란 수수께끼다."

하늘의 수많은 별들 가운데 어딘가에 있을 어린 왕자의 작은 별에서 무슨 일이 벌어지고 있을까를 생각할 때, 그 한줄기 생각으로부터 모든 것이 바뀌어 버리는 것은 신기한 일이다.

어디선가 우리가 알지 못하는 양 한 마리가 장미꽃을 먹었느냐 먹지 않았느냐에 따라 우주는 온통 뒤바뀌고 만다.

작은 불씨 하나가 거대한 불덩이가 되듯, 생각이 꼬리에 꼬리를 물어 세상을 변화시키듯, 작은 상상에서 시작된 씨앗은 세상의 모든 것을 변화시킬 수 있다. 이것을 이해하는 것이야말로 삶에서 중요한 일이다. 하늘을 바라보라. 생각해 보라. 양이 꽃을 먹었을까 먹지 않았을까? 그러면 그에 따라 모든 게 변한다는 것을 알게 될 것이다…… 그럼에도 어른들은 이 같은 원리를 이해하지 못한다.

사실 우리는 일상에서 생각이 고삐 풀린 망아지처럼 날뛰다가 전혀 예상하지도 않았던 결론에 도달하는 경우가 많다. 생각이 많은 사람을 보고 걱정이 앞서는 사람이라고도 한다. 생각이 지나치면 일어나지도 않은 일을 가지고 깊은 근심에 빠지는 수가 있다. 길을 걷다가 하늘이 무너지고 땅이 꺼지면(기우, 杞憂) 어쩌나 하고 걱정하는 사람처럼 말이다.

생각하기에 따라 웃을 수도 있고 울 수도 있다는 생각은 심리치료에서 엘리스(Ellis)가 언급한 인지정서행동치료(REBT, Rational Emotive Behavior Therapy)의 이론과도 유사하다. REBT는 우리의 인지와 감정 그리고 행동이 상호 의미 있게 작용하여 영향을 미친다는 가정에서 출발한다. 특히 인지가 감정과 행동에 지대한 영향을 끼치는 것으로 본다. 생각하기에 따라 감정이 달라지고 행동도 달라진다는 것이다.

화자는 어린 왕자가 쓰러지는 순간을 다시 한 번 그리고 있다. 이 그림에서 어린 왕자는 보이지 않는다. 그런데 사실 어린 왕자는 그림 속에 있다. 지금까지 어린 왕자와 함께 여행을 한 우리의 눈에는 어린 왕자가 보인다. 그림에서 보이지 않는다고 사라진 것은 아니다. 하늘 높이 떠 있는 노란별은 분명 어린 왕자의 별이다. 그러니 귀를 기울여 보라. 어린 왕자가 꽃과 소곤거리는 소리가 들리지 않는가. 그의 웃음소리, 방울 소리가 들리지 않는가.

화자에게 이 장면은 "세상에서 가장 아름답고 가장 슬픈 풍경이다." 이 사막의 장소는 어린 왕자가 나타났다가 사라진 바로 그 곳이다. 부드러운 두 개의 곡선과 노란 별 하나, 그저 평범한 그림으로 보일 수 있지만 이 그림을 통해 화자는 영원히 가슴 속에 간직되어 있는 어린 왕자와의 소중한 만남을 기억하고 있다.

　어린 왕자의 여행을 시간적으로 정리하면서 우리도 여행을 마칠까 한
다. 어린 왕자가 사막에서 화자를 만난 것은 정확히 그가 지구에 도착한
지 일 년에서 일주일이 부족한 날이다. 그러니까 어린 왕자가 화자를 만
나기 전에 그 모든 여행과 그 모든 만남을 경험했던 것이다. 그의 첫 여
행지는 여섯 개의 조그만 행성이었다. 그곳을 돌면서 어린 왕자는 "어른
들은 이상하다"는 강한 느낌을 받는다. 그리고 도착한 일곱 번째 별이 지
구였다. 지구에서 처음으로 만난 것이 뱀이었으며 이어 볼품없는 꽃, 정
원의 장미꽃들, 여우를 만난다. 그런 다음 화자를 만나게 되고 최종적으
로 처음 만났던 뱀을 다시 만난다. 어린 왕자가 정확히 일 년째 자기 별
로 귀환을 하게 되므로 화자와는 일주일간 함께 있었던 것이 된다.

　이렇게 시간적으로 정리를 하는 까닭은 어린 왕자의 여행이 치유의 여
행, 깨달음의 여행이었다는 것을 말하기 위해서다. 그가 원래부터 중요
한 것은 보이지 않는다는 것을 알아차린 것은 아니다. 처음부터 코끼리
를 삼킨 보아 뱀을 알아본 것도 아니다. 자기 별에서 꽃과 갈등을 겪는
어린 왕자의 모습은 우리의 일반적인 모습과 크게 다르지 않았다. 꽃과
의 밀고 당김에서 상처를 주고받는 모습, 꽃이 대수롭지 않게 한 말을 심

각하게 받아들이는 모습은 일상을 살아가는 우리들의 모습이다. 어린 왕자는 화자에게 별에서 있었던 꽃과의 일들에 대해 후회를 한다. "난 너무 어려서 꽃을 사랑할 줄 몰랐어."

　그러나 도망치는 심정으로 떠나 여행을 하면서, 특히 지구에서 더구나 사막에서 뱀과 여우를 만나게 되면서 자신을 알아가고 궁극적으로 깨달음을 얻게 된다. 사막에서 화자를 만났을 때는 이미 광야에서 막 고난을 겪은 선지자처럼 전혀 다른 모습의 어린 왕자로 거듭났던 것이다. 그리고 그 혜안의 지평은 삶과 죽음의 경계선에서 또 다른 어린 왕자의 분신이기도 한 화자─비행사에게 그대로 투영된다. 화자의 가슴 속에 어린 왕자는 영원한 꽃으로 피어 난 것이다.

　이들을 보면서 이제는 우리가 우리의 가슴 속에 씨앗을 뿌릴 차례가 되었다는 것을 느낀다. 그 씨앗이 잠재되어 있다가 우연히 어떤 기회를 만나게 된다면, 미지의 어린 왕자를 만나게 된다면 그 씨앗은 분명 형용할 수 없이 아름다운 장미꽃을 활짝 피우게 될 것이다.